L'enfant frigo

Patrick Dugois

L'enfant frigo

PRESSES
DE LA
RENAISSANCE

Ouvrage réalisé
sous la direction éditoriale de Thierry PAILLARD

Si vous souhaitez être tenu(e)
au courant de nos publications,
envoyez vos nom et adresse, en citant ce livre,
aux Éditions des Presses de la Renaissance,
12, avenue d'Italie, 75013 Paris.
Et, pour le Canada,
à INTERFORUM Canada inc.,
1050, bd René-Lévesque Est,
Bureau 100,
H2L 2L6 Montréal, Québec.

Consultez notre site Internet :
www.presses-renaissance.fr

ISBN 2.7509.0111.1

À celles qui m'ont accompagné
et qui m'accompagnent encore.

Avertissement

Les faits que je relate ont réellement existé mais sont présentés à travers la vision que j'en garde. Quant au procès – qui a effectivement eu lieu et dont les décisions judiciaires sont bien celles rapportées –, j'en ai modifié la forme pour les besoins du récit. J'ai également volontairement changé les noms des protagonistes et des lieux afin de ne blesser personne.

Chapitre 1

Maman,
Ce premier mot me coûte,
Plus écrit encore
Que seulement pensé et pourtant si difficile à penser.
Ces lettres simples,
Sons si faciles,
Qui devraient danser.

Car si lointains, si anciens, si peu prononcés,
Si étranges,
Si étrangers.

Maman,
Que dire, que faire ?
Tu m'as envoyé une lettre
Longue et… délicate.
Comme les mots en étaient précieux pour toi
– il faut protéger les mots précieux
Autant que les sentiments rares

Autant que les baisers volés –,
C'est un professionnel qui me l'a apportée,
Un professionnel assermenté et ganté,
Un spécialiste du tact
Et de la remise en mains propres,
Un huissier.

Maman,
Comme tu m'as fait parvenir une lettre
Élégante et bien tournée,
Il va me falloir te répondre
Car si peu présent,
Si peu reconnaissant,
Si injuste aussi.
Toi qui as tout donné pour moi et pour eux,
Les nombreux, les bruyants,
Toi qui as usé ton corps
Aujourd'hui boursouflé, flasque et enflé
Par les enfantements
Nombreux aussi
Dix, onze… douze, peut-être,
Mais faut-il compter le mort ?

Je t'écris sur une table de cuisine
De bois clair.
La pénombre du soir tombe sur le jardin.
Tout est calme.
Je t'écris,
Une dernière fois,

Car ton courrier ne doit pas rester sans réponse et puis,
Je ne peux plus garder tout cela pour moi.

Toi qui as éparpillé tes rêves dans des coupons publicitaires
Sur papier glacé avec les intérêts à la clef,
Qui as dilapidé ta tendresse au cou de tes amants
Et rarement à celui de tes enfants,
Toi qui as rêvé d'une vie meilleure
Et qui n'as pas été gâtée.

Tu ne comprends pas
Et tu enrages.
Pourquoi autant d'injustice ?
Tes enfants sont des salauds,
Des enfants de salauds.

Quels ingrats, tous pareils.
Pas de réponses, pas question de répondre.

Tu m'as mis au monde, tu t'es occupée de moi,
Tu m'as nourri aussi.
Soigné.
Tout est donc dit et tu ne comprends pas.
Ni ta misère
Ni ta solitude
Ni leurs absences
Nombreuses des nombreux

Enfants, enfantés dans la douleur, nourris dans l'angoisse,
Lavés dans l'eau sale.

Alors, je t'écris
Une lettre longue,
Pour que tu saches, pour que tout le monde sache.
Car tu le sais,
L'enfant est mort, là-bas, ce soir-là.
Il était blanc, tout blanc.
Il ronronnait comme un matou.
Pas l'enfant bien sûr, le frigidaire.
Celui-là même contre lequel le père se cognait la tête devant des yeux nombreux, hagards, surpris.
Pourquoi faisait-il ça ? Qui le sait ? Le savait-il lui ?

Les autres avaient les yeux creusés avec des ombres tout autour, la peau blanche sur les os presque apparents comme ceux de Buchenwald, et le soleil derrière à contre-jour leur mangeait le front.

Je t'écris parce que la pièce était vide, horriblement vide, blanche, désespérément blanche.
Et qu'il était là tout seul au milieu et que tu n'es pas venue. Je t'écris, parce qu'il faisait froid et qu'ils avaient peur,
Au ventre,
Et dans le fond de la gorge,
Sur la peau.

Ils avaient peur partout.
Là où ne se distingue ni la peur, ni l'angoisse, ni la faim

Mais tu ne comprends pas, tout est si injuste.
Tu as tant trimé, tu t'es tant usé les genoux dans la boîte à linge au bord du lavoir, tu as tant griffé tes mains des engelures du froid et de la glace qu'il faut casser pour laver le linge à la rivière. Toute cette merde qu'il faut diluer, dissoudre dans l'eau.

Et les linges sont si beaux, flottants sur l'onde,
Comme un rêve à fleur d'eau,
Et pourtant si puants quelques instants plus tôt,
Bouillonnants dans la lessiveuse sur la cuisinière.

Alors, je t'écris une lettre longue que tu ne liras jamais, probablement.

Je t'écris mon abandon.
À moi, mes sœurs !
Je t'écris ma trahison du 14 juillet, ma fuite du printemps, mes errements infinis.
Je t'écris sur les cendres de tous les holocaustes qui ont fait mal à mon corps d'enfant,
Là-bas, dans le frigidaire.
Je t'écris la peur à la folie des murs capitonnés
Et doux même aux coups.

La mort jonchée de cadavres.

Tout cela n'est plus. Ainsi soit-il.

C'est sur une table de cuisine que je trace tous ces mots, de l'endroit où je gagne bien ma vie, car à présent je gagne bien ma vie. Je m'en suis sorti, comme ils disent tous. Mais ils se trompent. Je ne m'en suis pas sorti. J'ai toujours le frigo en moi, dans mon ventre, froid, noir et seul. Un frigo friand de solitude, de silence blanc, de froid, d'abandon.

Tu ne comprends pas, toujours pas. Tu n'en as que faire de tous ces mots. Tu es seule, injustement seule, abandonnée, toi aussi. Après tout ce que tu as fait.

Bien sûr, pour comprendre il faut faire un effort, aucune vérité n'est jamais donnée, il faut la mériter, la conquérir, l'apprivoiser, la supporter aussi.

Tu as tant donné. Les heures de l'épuisement, de la fatigue de faire, de la survie si difficile, de la sueur sur la peau et toujours là, la peur, du lendemain, du passé, du jour, de l'heure.

Et que mangerons-nous demain, que mangeront-ils ? C'est grave la peur au ventre et leurs regards hagards de faim, d'estomacs interrogatifs, en attente.

C'est pourquoi j'ai décidé de t'écrire pour répondre à la lettre, celle que l'huissier m'a apportée, pour répondre de moi. Car il faut bien que tu comprennes le mal en moi, vaste comme le silence, long comme l'absence. Il faut que tu acceptes la douleur, la tienne et la mienne aussi. Il faut que tu découvres le monstre, celui que tu as enfanté en moi, comme un Alien silencieux et qui t'appartient. C'est ton œuvre malgré toi...

Rassure-toi si tu ne comprends pas, c'est encore trop tôt. Il y aura des détours, des incompréhensions. Car les autres non plus ne comprennent pas. D'ailleurs ils n'essaient pas souvent et quand ils essaient, parfois, ils n'y parviennent pas. C'est trop difficile, trop lointain. C'est la seule explication pour que cela continue. Après tout, le vide a-t-il seulement un sens ? Et l'effondrement ? Quand tout s'en va et que seul le vide blanc ressemble à la réalité ; que la terreur intérieure est telle qu'elle paralyse tout ; que les veines vibrent et que la tête a mal ; et qu'il n'y a plus rien à quoi s'accrocher, ni temps, ni espace, ni avenir ? Quand tout est perdu et que même la force de survivre s'en va, quand l'abandon creuse l'abandon. Quand l'être entier s'est défait, vidé et a disparu dans l'éclat d'une lumière.

Oui, je t'écris une lettre, car comment faire autrement ? Faut-il encore payer, en silence, sans que tu saches jamais le prix, là-bas, du grand froid ?

Chapitre 2

Lundi 5 septembre 2001,
tribunal de grande instance de Beauvais.

Après plusieurs reports, l'audience avait été fixée un lundi matin de septembre. Une bonne manière de commencer la semaine. Le week-end a été horrible, les nuits pires encore que les jours. Tous ces souvenirs qui remontent. La culpabilité à demeure. Faut-il aller au bout ? Dire ce qui doit être dit ? À moins que le mieux soit de payer, en silence ?

Encore une fois. On n'en finit pas de payer. Après tout, je ne suis plus à cela près. J'ai les moyens, je gagne bien ma vie maintenant. Je m'en suis sorti. Et puis je suis engagé politiquement, alors ce sera une manière de mettre en pratique les grands principes ; la solidarité, un monde meilleur, changer l'ordre injuste des choses. Mais je n'y arrive pas. C'est comme lorsque je passe devant un sans-domicile-fixe, l'autre nom pour les clochards, je n'y arrive pas. Il tend la main, me regarde d'un air absent. L'argent est au fond de ma poche. Je le touche avec ma main mais je n'y arrive pas. Prendre l'argent, sortir ma main. Le regarder et lui donner une pièce de monnaie. Je m'en veux. Je devrais faire demi-tour. Il comprendra. Mais non. Il ne comprendrait pas.

Beauvais est une ville triste de province. Non pas parce qu'elle est de province mais plus simplement parce que c'est là que se trouve le tribunal où l'on va juger l'affaire. Cela suffit à la tristesse du lieu. L'« affaire » est d'ailleurs un bien grand mot. Elle n'est ni exceptionnelle, ni spectaculaire. La justice en a vu d'autres. Une affaire de famille.

Je suis arrivé en avance. Il est toujours difficile d'évaluer le temps d'un trajet de quelques centaines de kilomètres avec Paris à traverser ou à contourner. Arriver en avance est aussi une manière de retarder l'échéance. Il reste encore un peu de temps pour boire un café, plus amer que d'habitude, se préparer, se blinder à l'intérieur car le moment sera rude, c'est sûr. Trop peu de mots ont été prononcés, trop de non-dits, et trop de choses ont été écrites, redoutables, silencieuses comme une déclaration 21 × 29,7, venimeuses. Et puis la culpabilité, lourde comme une charrette à bras qu'il faut tirer, pleine de regrets, de rencontres ratées, de haines oubliées, de rancœurs, de bombes et d'explosions ajournées, de revanches, de rêves de tendresse, de chaleur, de mains sur l'épaule.

Le tribunal de Beauvais est un de ces grands édifices qu'affectionne la justice dans les villes de province, avec ses grandes colonnades de style faussement romain, son chapiteau. On accède à la salle des pas perdus par un vaste escalier de pierres blanches. Ainsi, la justice se donne les bâtiments de ses ambitions. Solides, imposants et surplombant le simple passant. S'imposer à la société tout entière, à ses turpitudes.

L'audience était à 9 h 30 et nous nous étions donné rendez-vous avec plusieurs de mes frères et sœurs quelques minutes plus tôt au café, le grand café qui fait l'angle sur la place. Histoire de se retrouver un peu avant, d'y aller ensemble, de se donner du courage.

Ils n'étaient pas tous là. Tous n'ont pas signé. Tous n'ont pas voulu, même s'ils avaient aussi leurs raisons, leurs griefs. Nous n'étions que huit et nous avions pris le même avocat. Un avocat pour huit, cela faisait au moins un peu d'économies. J'ai signé aussi, par solidarité, pour ne pas être en dehors de ça. J'avais été trop longtemps le fils préféré, celui qui est à part parce qu'il a réussi, pour encore une fois être différent. Alors j'ai signé pour être avec eux aussi. Pour ne pas payer encore une fois. Ce n'est pas une question d'argent. L'argent ne compte pas. C'est une question de prix, de survie, pour eux aussi, je crois. La lettre les a mis hors d'eux. Mes frères ont réagi violemment. Je les comprends, surtout les deux plus jeunes, ceux pour lesquels *ils* ont signé, un jour, pour qu'ils s'en aillent. Placés. Abandonnés à la DDASS. Tristes jours.

N'étaient finalement venues que deux de mes sœurs, les plus courageuses ou les plus déterminées peut-être. À moins qu'elles ne soient les moins abîmées, celles que la culpabilité ne paralysait pas totalement.

Dehors il pleuvait, et le ciel était d'un gris désespérant comme il n'en existe que dans l'Oise les jours de procès.

La pluie était de rigueur. Cela n'allait pas être gai et le soleil aurait été parfaitement déplacé.

Un appariteur dans une cahute de bois nous a indiqué la salle d'audience : un peu plus loin, la grande porte sur la gauche. Malgré son immense entrée, la salle n'était pas si grande, tout en bois foncé, qu'on devinait patiné par les années. Le parquet était ancien aussi et résonnait sous les pas. Des fenêtres à mi-hauteur laissaient, de chaque côté, entrer une lumière blanche de septembre. Notre avocate nous attendait à l'entrée. Nous la rencontrions pour la première fois. Toutes les démarches avaient été faites par téléphone, par télécopie. Avec sa robe d'avocat de laquelle ne dépassait qu'une tête mince presque rabougrie et des mains fines comme des pattes, elle ressemblait à un grand oiseau noir, un corbeau. Elle devait approcher de la cinquantaine. Elle apparaissait frêle malgré son habit ample.

C'est ma sœur aînée qui, la première, avait reçu la lettre qu'un huissier lui avait apportée. Avait-il des gants, des gants blancs ? Elle m'avait téléphoné pour me prévenir. Elle était en colère, estomaquée. J'allais recevoir la même lettre. Une lettre circulaire en quelque sorte. Normal, nous sommes onze frères et sœurs. Douze si l'on compte le mort, mais il ne peut plus recevoir d'huissier ni payer. Même pour les cent francs de son enterrement, il avait fallu faire une collecte. « Mort à crédit », comme dit Louis-Ferdinand.

Ma sœur fit le tour de la famille pour nous mobiliser. Il fallait nous défendre, refuser. J'ai hésité pendant de longues semaines. J'ai essayé d'éviter le procès. Non par peur de l'affrontement. Mais je savais que c'était avec moi-même que se réglerait cette affaire-là et je ne me sentais pas de taille. La situation me déchirait mais je ne pouvais pas me désolidariser. L'argent ne comptait pas. Alors, j'ai fait une dernière visite à ma mère, quelques heures seulement, pour que cela s'arrête, que cela n'ait pas lieu. Je ne lui ai pas dit pourquoi je ne voulais pas de procès, je n'aurais pas pu. *Elle* n'aurait pas compris.

Elle m'a appelé deux jours plus tard. *Elle* a cédé, accepté d'abandonner la procédure. *Elle* renonçait à sa demande. *Elle* allait appeler son avocate. *Elle* était amère. Mais, c'était trop tard. Si *Elle* s'arrêtait maintenant que la procédure était engagée, *Elle* aurait à payer l'avocat. La machine était lancée. Dans ce cas, l'aide judiciaire, cela ne marche plus, puisqu'il n'y a plus d'affaire. Je croyais avoir gagné la partie, mis tout mon poids dans la balance, évité le grand déballage, évité de m'expliquer, évité d'affronter.

Mais l'argent a été plus fort. C'est ce qui comptait pour *Elle*. Cela a toujours été son point faible. Produit du manque probablement. Résultat des privations, d'une vie à crédit.

Chapitre 3

J'étais un enfant frigo et je ne le savais pas.

Oui, j'étais un enfant frigo.

Un enfant frigo. Le blanc était ma couleur. Le vide, mon état d'être. En ce temps-là, j'avais peur et j'avais froid. Un froid tout blanc, un froid de tremblements, tout lisse avec au milieu le grand vide de la solitude. J'avais une peau de peur, un corps de peur, un regard sans regard, ouvert à l'infini sur un monde que l'on n'ose ni toucher ni appréhender.

Trop dangereux.

J'étais un enfant frigo enfermé dans sa peine, errant dans son absence.

Blanc.

J'étais un enfant froid, debout sur des pieds incertains, perdu dans des pensées d'oubli d'ailleurs heureux, dans un corps malade, rachitique et honteux.

Mais, il a fallu longtemps,
de tristesse et de souffrances,
de rencontres et d'efforts
pour entrouvrir la porte, laisser passer la lumière,
car dans les frigos les portes sont lourdes,
les portes sont fortes,
surtout pour les enfants, les plus petits s'entend.

FRIMATIC

Frimatic, c'était le nom.
Le nom écrit sur le frigo. Un petit frigo, pas très haut, frigidaire blanc, désespérément blanc, couleur des linceuls et du désespoir.

FRIMATIC

C'était son nom. Le nom de l'usine où il travaillait. Une usine de frigidaires dans une petite ville de province avec un joli nom, Romilly. Un nom évocateur du Sud, à cause de Rome peut-être, du soleil, de la chaleur. Une usine de frigidaires où il n'allait pas souvent, où il fabriquait parfois des couteaux. Une usine de frigos pour occuper mon père.

C'était il y a longtemps. L'époque des Trente Glorieuses, du plein-emploi. Nous vivions à la campagne, dans un petit village champenois. Un village d'agriculteurs en voie de disparition et de désertification qui chaque année voyait partir ses vieux. On y mourait régulièrement et on y naissait rarement. Nous étions « une tribu providentielle », assurant à nous seuls l'effectif d'une demi-classe pour l'école du village à un moment où l'école menaçait de disparaître.

Un village qui n'était pas beau, qui ne parvenait pas non plus à être laid ou triste et qui n'était pas encore devenu le village post-moderne qu'il est aujourd'hui, fier de ses emplois, de son industrie sucrière et des odeurs qu'elle génère, épris de ses services publics avec place de village en simili béton, salle des fêtes refaite et centre commercial très lumineux et très commercial.

Ce petit village d'une Champagne que l'on disait alors pouilleuse a ainsi perdu l'ambiance très particulière qui était la sienne lorsque, déclinant, il était le théâtre d'affrontements épiques en conseil municipal, entre agriculteurs modernes et agriculteurs anciens, pour ou contre le remembrement, pour ou contre l'installation de l'usine ; lorsque la poste était seule et centrale sur sa place vide et que l'école du village organisait sa fête chaque année sous le préau sur des poutres sciées spécialement pour l'occasion et posées sur des tréteaux par le garde champêtre. Celui que l'on voyait encore avec son tambour et qui après un roulement faisait son avis à la population.

Autant dire que ce village de vieux, digérant doucement l'après-guerre dont les traces étaient encore présentes dans les mémoires à défaut de l'être encore dans les crânes, autant dire que ce village, avec ses agriculteurs conservateurs pour ne pas dire réactionnaires, ses commerçants tristes comme le profit qu'ils ne faisaient d'ailleurs pas, son ancien château démoli depuis longtemps, sa forêt, son église sans intérêt et sans prêtre, sauf au tout début un curé tendance pédophile ; autant dire que ce village désespérément banal, désespérément tranquille, en un mot désespérément désespérant ; autant dire que ce village a disparu. Il avait encore alors un moulin à eau – que la guerre et l'abandon avaient couché dans la rivière – au-dessus d'une cascade où nous allions l'été nous baigner lorsqu'il faisait chaud. Nous marchions pieds nus dans l'eau tantôt cherchant à attraper des poissons, tantôt scrutant le lit entre les grosses pierres éboulées du moulin en ruines, à la recherche d'un improbable trésor, d'un morceau de fer, d'une pièce ancienne. Nous ne trouvions rien et restions penchés des heures au-dessus de l'eau, sans nous voir.

Le village était groupé autour de sa mairie, qui avait été autrefois l'école, et de son église qui se vidait au même rythme que le village, davantage même. Au centre de la place, il y avait un de ces grands arbres de la liberté plantés quelques décennies plus tôt. Lui aussi dépérissait et l'on avait dû remplir de ciment son tronc devenu creux pour qu'il tienne encore debout et lance au ciel ses dernières feuilles et les cris de ses derniers oiseaux. C'était un village rue, laquelle s'appelait d'une manière un peu exagérée la « grande rue » où débouchaient des ruelles adjacentes. Malgré sa taille et son dépeuplement régulier, le village comptait plusieurs cafés qui, le plus souvent, faisaient aussi épiceries, et même un petit café-hôtel-restaurant à côté de la gare. Les trains ne s'y arrêtaient plus depuis longtemps et l'on ne savait pas quels voyageurs pouvaient bien descendre en pareil endroit.

Nous vivions dans une vieille maison qui avait été un poulailler après avoir été une ferme et que ma mère avait nettoyé. Il y avait une grange attenante au mur de bois à claire-voie, une grange à courants d'air. Nous étions nombreux. Déjà huit ou neuf.

Mon père touchait à la trentaine, se suicidait souvent, se ratait toujours, travaillait parfois. Il était souvent malade et on devait alors l'interner à l'hôpital de la ville voisine. Quand il était à l'hôpital, ma mère allait le voir là-bas, en

Mobylette. Pour *Elle,* c'était un titre de gloire et le signe de sa fidélité, de son dévouement. Et du dévouement, du courage, *Elle* en avait pour porter et supporter la vie qui était la sienne alors, pour accepter les privations, l'angoisse et les errements mentaux de mon père. *Elle* faisait les allers et retours à l'hôpital, quarante kilomètres dans un sens, quarante kilomètres dans l'autre, par tous les temps, cachée l'hiver sous un imperméable en plastique rose et un gros pull à poils longs. Toute son activité était tournée vers la survie qui se traduisait par une phrase répétée journellement des années durant : « Qu'est-ce que je vais faire à manger ? » Toutes ces bouches qui attendaient et le mois qui n'en finissait pas. La survie contre le froid : « Il faut faire rentrer du fioul » et la cuisinière était encore en panne. La survie du désir placé dans des rêves multiples qui se concrétisaient par des bons de commande aux pourtours dentelés, aux très nombreux caractères qui tous faisaient rêver ma mère. Offres exceptionnelles. Cadeaux à la clef. Vous avez gagné. Ces rêves en promotion nous conduisaient à la ruine ou, du moins, car de toute façon nous étions pauvres, à augmenter un peu plus les dettes de la famille. Commençait alors la ronde des huissiers, des spécialistes du recouvrement de créances.

Ils venaient faire leur inventaire, dresser la liste. Il y avait une table de bois usée ou patinée, selon les époques et les points de vue. Une grande table polie par les ans, grande car il y avait dix bouches à nourrir. Des chaises de paille dépenaillées (probablement dix mais curieusement je n'ai pas le souvenir d'autant de chaises. Peut-être y avait-il un banc). Certaines en bois foncé, d'autres peintes en rose. Des chaises qu'il fallait bien connaître pour éviter de faire confiance à un dossier précaire, à un pied mal balancé. Il y avait une cuisinière à fioul avec plaques en fonte frottée sur lesquelles l'hiver l'on faisait griller des peaux d'orange en peaux de chagrin et qui dégageaient un parfum sucré. Il y avait aussi des lits. Un lit pour mes parents. Un autre, pour trois des quatre garçons, fait d'une paillasse en toile de jute remplie de son. C'est là que nous dormions, mes deux frères et moi, dans l'odeur du son, de la sueur et aussi de l'urine. Il fallait souvent chercher un endroit un peu sec pour finir la nuit. Il y avait un troisième lit plus petit pour mon frère aîné et puis enfin les lits des filles, là-haut, au grenier. Deux lits pour quatre filles. Il y avait aussi une vieille armoire en bois grinçant, immense, noire de suie, de crasse à moins que cela n'ait été sa couleur naturelle. Et encore un paravent, fabriqué maison, en tissu à grosses fleurs orange sur fond vert, transparent, que mon père avait tendu sur des lattes de bois rêche et qui séparait le lit de mes parents du reste de la cuisine pour créer un peu d'intimité.

La liste faite, nous étions fiers d'une énumération aussi longue, d'autant de richesses accumulées et d'une diversité si iconoclaste, presque moderne. Je crois d'ailleurs que c'est là que m'est venu le goût des listes et des catalogues que des années plus tard je feuilletais pendant des heures avec fascination. Je faisais aussi mes listes, rêvant à des achats imaginaires. Celui que je préférais était le catalogue de Manufrance. J'y cochais des couteaux multifonctions, des ballons de cuir cousus main, une tente pour quatre personnes, des vêtements. Je faisais des additions. J'aimais ces rêveries. Elles m'apaisaient. Les huissiers quant à eux, tout à leur travail scrupuleux d'énumération, n'en revenaient pas de tant de pauvreté et d'ailleurs ensuite ils ne revenaient plus du tout. Car, hormis le linge, les lits, la table et les chaises, l'armoire, le paravent, nous ne possédions rien ou presque. Rien que notre désespoir peut-être. Et encore, le mot était bien trop romantique, bien trop riche, pour rendre compte d'une réalité plus froide, plus dépouillée. Jamais nous n'avons proposé d'inscrire le désespoir sur notre liste, nous le gardions pour nous.

On ne pouvait rien nous prendre, nous n'avions rien ou presque, si ce n'est, que j'allais oublier, une télévision en noir et blanc achetée d'occasion pour regarder « Les Dossiers de l'écran » et puis aussi un frigo, pas très grand, mais ça c'était déjà vers la fin. Le prix de la télévision et du frigo n'aurait pas même couvert les frais d'une vente aux enchères, aussi on ne les saisissait pas. Ma mère pouvait continuer d'envoyer ses coupons, de commander par correspondance, de recevoir par petits lots, un peu de réconfort, d'espoir. *Elle* commandait. *Elle* existait. Les spécialistes de la vente à domicile avaient encore un bel avenir devant eux et ils s'en donnaient à cœur joie.

Marketing dancing

V'là les spécialistes du marketing
De la vente à tempérament.
Ils vont, ils dansent, ils swinguent,
Se trémoussent en marketant,
Ils font des coupons,
Des promotions,
V'là les spécialistes du marketing
De la commande en découpant,
Ils vont, ils dansent, ils swinguent,
Dans les listings
Et la vie qui swingue aussi,
Et des cadeaux, et des bons à découper

La vie qu'arrive par petits lots
Et les rêves aussi.

C'était une maison abandonnée à tous les vents, dans une vie abandonnée. Probablement y avait-il eu, plus tôt, bien des années plus tôt, dans la maison aux parois de craie blanche, un peu de l'optimisme des commencements. Le plafond de la pièce principale qui servait de cuisine, de chambre pour mes parents et de salle commune, était recouvert de cartons d'emballage, pour l'isolation, je suppose. Bien que ce ne fût jamais terminé et que les traces des coups de pinceaux se distinguaient encore, les cartons avaient été peints en rose pour symboliser un peu cet optimisme. Oui, probablement y avait-il eu un optimisme des commencements, un optimisme un peu délirant.

Mon père devait être bien heureux de s'être trouvé une femme avec des enfants tout faits. Il disait qu'il ne pouvait en faire lui-même. Notre lignée était menacée de disparition. C'était un de ses récits préférés. Notre nom avait failli disparaître à tout jamais et nous étions chargés d'assurer la descendance et la survie de la lignée. Mais mon père disait aussi avoir aimé une autre femme avant ma mère à qui il avait fait un enfant. Un autre demi-frère ou une autre demi-sœur quelque part, peut-être. Il aimait raconter des histoires, se raconter. Il était un peu mythomane. Malgré tout, ma mère lui avait été reconnaissante à tout jamais – c'est-à-dire à peu près pendant dix ans – de l'avoir épousée déjà chargée de trois enfants conçus dans les bras de deux autres hommes. Mon père était ainsi notre troisième père, le seul que nous ayons connu. Le seul qui nous ait connus aussi, reconnus surtout. Ainsi soit-il. Mais il ne fut jamais ou presque.

Si je dis troisième et pas dernier, c'est qu'il y en eut deux autres. Cinq en tout. Cinq pères, onze enfants. Mais cela, je ne l'ai su qu'après. Je croyais que l'on était une vraie famille, normale. Un peu pauvre, mais enfin. C'est dire ce que cet optimisme des commencements avait de délirant, surtout comparé à l'immense dépression qui s'ensuivit et qui, de vague en vague, de ressac en marée morte, d'odeurs nauséabondes en gelures, de vide au ventre en angoisse généralisée, devait petit à petit conduire à une dislocation complète de cette famille de sans-famille.

C'est à cet optimisme que l'on devait une porte d'entrée en bois décapée et repeinte – mais que je n'ai jamais connue qu'écaillée –, une armoire en bois peint décapée et foncée au brou de noix que je n'ai connue que grinçante. À l'époque, il y avait même un jardin. L'été, dès le chemin en pente qui accédait à la maison, de multiples fleurs jetaient à profusion leurs couleurs, leurs senteurs. Dahlias aux rouges foncés, iris bleutés, roses jaunes et blanches – pas de roses roses car mon père n'aimait pas les pléonasmes –, et surtout des pivoines énormes qui faisaient sa fierté. Bien entendu, je n'ai jamais vu ce jardin extraordinaire, fleuri dans ses rêves, admiré dans ses envies, car revenu trop tard. On avait déjà interdit à mes parents ce jardin-là, le leur, le nôtre, car le vieux qui nous terrorisait, notre propriétaire, voulait qu'ils payent pour le jardin en plus de la maison. Était-ce seulement une maison ? Ils ne voulaient pas, ne le pouvaient certainement pas. Alors, il n'y eut plus de fleurs, même au printemps.

Il y avait aussi le trou. Terreur. C'était un trou d'environ trente centimètres sur trente dans l'épais mur de craie qui séparait la chambre humide et nue, où nous dormions mes quatre frères et moi, de la grange adossée à la maison. Trente centimètres d'ouverture sur la grange attenante. On avait placé un ensemble de sacs à pommes de terre pour l'obstruer. Il évitait que les courants d'air de la grange ne refroidissent la chambre déjà froide. Chambre froide, c'était bien le mot. Froide, humide, ruisselante. De gros moellons de craie constituaient les murs nus sur lesquels il n'y avait aucun revêtement. Si bien que l'hiver ces murs blancs ruisselaient et l'on voyait alors de minuscules filets d'eau qui, par endroit, brillaient à la lumière de l'unique ampoule pendue à son fil. Des filets d'eau, scintillants, comme on en voit le long des parois d'un frigidaire. Car, c'est vrai, tout était froid là-bas. Étrange histoire, étrange désespoir. Silencieux et froid, du dedans humide. La cuisinière à fioul qui se trouvait dans l'autre pièce était insuffisante pour chauffer l'ensemble.

Le trou était banal. Il avait la taille d'un bloc de craie qui probablement avait été retiré. Il était pourtant béant sur la menace : le possible regard du vieux qui nous faisait si peur avec sa carriole et son cheval. Le vieux Garneçon, comme on l'appelait. Notre croquemitaine. Un vieux sans âge, dont on pouvait penser qu'il avait toujours été vieux et dont on aurait eu bien du mal à imaginer qu'il ait été un jour enfant, qu'il ait eu des parents, qu'il ait pu être adolescent, amoureux. Il venait de temps en temps visiter sa grange. On le voyait arriver en bas du chemin en pente qui menait à la maison avec son vieux cheval de trait et sa carriole. Tout le temps qu'il montait, c'était la peur qui montait en nous. Il venait vérifier que rien ne manquait. Sage précaution car il manquait toujours quelque chose. Les engins aux multiples roues, les machines avec leurs dents, leurs manches de bois, de fer, les socs de charrue, les vieilles charrettes avaient été accumulés au fil des ans. Tout ce peuple de machines nous effrayait, nous attirait. Alors, nous nous introduisions dans la grange, les roues devenaient des voitures, jouets d'enfant bricolés avec des clous et de la ficelle. C'était pour nous comme une caverne d'Ali Baba, une salle de tortures aussi. Nous avions peur. Peur qu'à l'occasion de l'une de ses visites dans la grange, le vieux, retirant les sacs, ne regarde par le trou, nous épie, nous surveille. Et même lorsqu'il n'était pas là, la menace était là, la menace des sacs qui ne bouchent pas et qui suintent l'humidité. La peur. D'une ouverture qui s'ouvre sur le dedans, blanc, froid et humide, d'une porte ouverte sur notre chambre froide.

Chapitre 4

Lundi 5 septembre 2001,
tribunal de grande instance de Beauvais,
9 h 30.

Moi aussi, j'ai reçu la lettre, par huissier. Cela se fait toujours ainsi, paraît-il, pour les choses importantes. Je l'ai lue, relue.

Plusieurs mois ont été nécessaires pour constituer les dossiers, recueillir les témoignages. Mes frères et sœurs étaient remontés, plus que moi. Ils étaient violents même.

Nous avons pris place sur les bancs de bois avec notre avocate. *Elle* était là aussi. De l'autre côté de l'allée. Comment faire ? Lui dire bonjour. L'embrasser. Il n'y avait personne d'autre dans la salle. Cette affaire n'intéressait personne et c'était mieux ainsi.

À 9 h 30, aucun huissier ne vint frapper les trois coups et annoncer la cour, comme on le voit souvent à la télévision. Simplement, quelques personnes sont entrées, d'abord une femme très jeune aux cheveux blonds coupés court, pas très grande, dont on sentait l'énergie, la vivacité. Elle avait un regard d'enfant rieur. Elle s'installa au centre de l'estrade à la place de la présidente. C'était donc elle la présidente du tribunal. Quel âge avait-elle ? Moins de trente ans. J'étais impressionné mais aussi inquiet. Comment une femme aussi jeune pourrait-elle comprendre ? Elle était accompagnée d'un homme et d'une femme plus âgés, ce qui me rassurait un peu.

L'homme devait avoir soixante ans ou n'en était pas loin. Probablement comptait-il déjà le nombre d'années qu'il lui fallait encore avant d'atteindre la retraite. Peut-être cochait-il des entailles de l'autre côté du bureau du tribunal à chaque année qui passait. Des affaires, il avait dû en voir beaucoup. Au point qu'il pouvait venir maintenant avec le regard dans le vide de quelqu'un qui a tellement l'habitude de son travail qu'il connaît déjà à l'avance les témoignages, les demi-vérités, les roueries, les cris de douleur, les mensonges aussi, et ne s'en émeut plus. Il attend le moment où l'on délibérera, comme d'habitude, jusqu'au jour suivant, jusqu'à l'affaire suivante. C'était le premier vice-président. Un homme d'expérience. Lui saurait comprendre.

L'autre femme aussi était plus âgée, avec des cheveux gris tirés en arrière. Elle avait un visage qui faisait penser à un rapace, entièrement mangé par un grand nez pointu surmonté de petits yeux noirs enfoncés dans leurs orbites. Elle portait un tailleur sombre, strict. Elle ne devait pas rire souvent. Avait-elle connu le bonheur, le malheur ? Il y avait aussi, qui s'était installé sur le côté, un greffier, préposé à la transcription des débats, à la conservation de la vérité, des preuves, des témoignages et des douleurs aussi. Il ne ressemblait pas à un huissier, à l'image que l'on s'en fait en tout cas. Ce n'était pas sa faute. Mais c'était comme cela. Il était plutôt petit, le visage rond, les yeux clairs et le regard franc, sympathique et trop naturel. Un huissier heureux qui ne se promène pas le dos courbé et le regard éteint.

À 9 h 30, l'audience a commencé. Ponctualité administrative. L'énoncé des parties en présence, de leur état civil, a pris un peu de temps. Normal, nous étions huit défendeurs. L'expression est juste. Il s'agissait bien de se défendre mais aussi de se justifier, culpabilité oblige. La justice est lente, dit-on. Cette fois, elle était à l'heure. On a rappelé les faits. Des témoignages ont été produits. Notre avocate avait incité chacun de nous à écrire des témoignages car ce qui est important dans pareille situation, disait-elle, ce sont les preuves. Mais les preuves de quoi ? Qu'aurions-nous pu écrire ? Elle avait insisté. Il fallait des griefs et surtout des faits pour justifier notre refus de payer une pension alimentaire à notre mère. Sinistre littérature. Je n'avais pas voulu écrire. Je n'avais pas pu. Par où commencer ? Et comment expliquer ? Comment pourrait-ils comprendre ?

Les avocats ont pris la parole. Son avocate a été très bien, convaincante. Elle s'est rapidement emportée : « Comment comprendre qu'ils refusent de payer ? Enfants indignes ! Après tout ce que leur mère a fait pour eux. Le travail, l'angoisse, le malheur. Tout supporter et surtout lui, leur père. » Elle a produit un cahier écrit par ma mère. Cinquante-deux pages d'un cahier d'écolier. Cinquante-deux pages d'une revue de famille, d'une revue des griefs. Elle s'est attardée sur sa situation. Des dettes comme toujours. Et l'autre, son compagnon, le nouveau, le dernier, paralysé dans son fauteuil qui ne peut plus rien, qui ne rapporte plus et qui coûte maintenant que les vieux jours approchent. La vie dans la caravane au milieu des autres caravanes dans un camping pour pauvres, ère d'accueil pour la misère sociale.

Notre avocate a été très bien aussi. Elle a lu les lettres, les témoignages de mes frères, de mes sœurs, les articles de presse. Il faut dire qu'elle était servie.

Mon témoignage, je n'avais pas voulu l'écrire. Je n'avais pas pu et je le lui avais dit. Je lui avais demandé de pouvoir m'expliquer moi-même, directement. C'est pour cela que j'étais venu. Elle n'avait pas été très favorable. Cela ne se faisait pas pour ce genre d'affaires. On ne sait jamais comment cela sera pris par le tribunal. Et puis on n'avait pas le temps. Mais devant mon insistance, elle avait accepté. Elle solliciterait le tribunal. Mais ce n'était pas une bonne idée et le tribunal pouvait refuser.

Lorsque le moment est arrivé, l'avocate a demandé l'autorisation que je m'exprime. La présidente a consulté ses collègues. Ce n'était pas habituel et puis d'autres affaires attendaient. Elle a consulté aussi l'avocate de la partie adverse qui, après un bref échange avec ma mère, a accepté...

Je me suis levé. J'étais mal en moi comme je l'ai souvent été, surtout debout, tremblant, sachant parfaitement qu'il me serait difficile de parler, devant eux, devant ma mère. Il y eut d'abord un silence, très long. Dans ma tête un monde s'entrechoquait. Tous attendaient. Puis les mots sont arrivés.

Chapitre 5

J'étais un enfant frigo. Fils de mon père, le premier véritablement pour lui. Fils de mon père qui contrôlait des frigos.

Le plus souvent il ne travaillait pas, je l'ai dit, je crois. Lorsqu'il travaillait, c'était pour lui un vrai calvaire, un sacrifice qui lui demandait un effort colossal que trop peu de ceux qui l'ont rencontré ont réellement mesuré, compris. Il s'y entendait comme personne pour y échapper. Il renouvelait les méthodes, faisait preuve d'imagination. Il y avait la maladie pour les périodes les plus longues. La longue maladie. C'était le plus confortable si l'on peut dire. Presque un statut. « Être en longue maladie » sonnait dans son langage comme une situation définitive, précieuse, dont il était la victime, le héros. Il y avait aussi une alternative, pour gagner quelques jours : le malaise. Il usait aussi régulièrement d'une astuce classique d'écolier :

il ratait le car qui effectuait un ramassage quotidien du personnel de l'usine de frigidaires dont il était l'employé. On le voyait revenir d'un air penaud et ma mère le grondait. J'étais honteux pour lui, douloureusement. Travailler était pour lui une telle souffrance qu'il s'employait à y échapper consciencieusement et le plus souvent possible.

Contrôleur. Il était contrôleur. Il contrôlait une chaîne de fabrication dans l'usine de frigos. Au demeurant, cela lui allait assez bien. Le contrôle, il s'y entendait comme personne. Être là, et constater ce qui va, ce qui ne va pas. Les mains dans les poches de son bleu de travail peut-être. Une sortie sur le seuil de l'atelier, de temps en temps, pour la cigarette. Une Gitane maïs. Il contrôlait la fabrication des frigos, épais et massifs, tous blancs. En ce temps-là, les frigos étaient toujours blancs ; ils étaient importants pour mon père qui, quand il n'en contrôlait pas la fabrication, utilisait ce curieux placard lisse et massif pour se taper la tête dessus. Il préférait le frigo aux murs qu'il trouvait peut-être trop durs ou trop humides. Dans ces moments-là, son mal-être, son désespoir étaient si forts qu'il ne parvenait plus à les garder pour lui. Seuls les coups de tête répétés dans la porte de l'armoire de métal étaient de nature à concrétiser son mal et du coup à le rendre supportable. Il tapait, tapait et ensuite il pleurait. Ma mère criait pour l'arrêter, le calmer. Quant à nous, nous le regardions, hébétés et terrorisés. Mais que dire, que faire ? Comment l'aider ? Comment l'aimer ? Comment y penser seulement ? Nous avions si peur de lui et si mal pour lui aussi, sans le savoir. Nos têtes aussi cognaient à l'intérieur, nos corps aussi tremblaient.

Quand il ne contrôlait pas les frigos, mon père faisait des couteaux. Enfin, un couteau surtout, avec la tôle des frigos. Un grand couteau dont la lame faisait près de quarante centimètres de long et quatre centimètres de large. Mon père s'était plu à nous montrer l'engin, fier de l'avoir rapporté de l'usine, ce qui pouvait laisser entendre qu'il l'avait fabriqué lui-même. Il en était bien entendu incapable même dans l'hypothèse où il aurait été soudainement moins fatigué ou plus courageux. Il contemplait l'objet, en testait le tranchant, passant doucement le doigt sur la lame. « Ça c'est du couteau », disait-il. C'était un objet d'un seul tenant. Le manche était le prolongement du morceau de fer qui avait servi pour la lame, qu'on avait recourbée et arrondie. Un seul morceau de fer, soigneusement travaillé, au métal poli, à la lame disponible. Mon père était fier de sa création. Il faut bien avouer que ce couteau nous impressionnait. Dans le plus terrible des contes, le plus monstrueux des ogres n'aurait pas fait mieux pour nous donner des cauchemars.

C'est avec ce couteau, qu'un soir, il voulut tuer ma mère.

Il hésite. Il est penché au-dessus d'elle. *Elle* le sent et fait semblant de dormir – sang blanc – car la peur est toujours blanche. Il cache le couteau sous le lit et se couche. A-t-il renoncé ? Pourquoi ma mère a-t-elle éprouvé plus tard le besoin de me raconter cela ? Je fus à la fois étonné et incrédule. Probablement préférais-je ne pas la croire. Penser qu'il s'agissait là d'une éventualité, d'une hypothèse, d'une menace, d'une velléité. La velléité était bien une constance de mon père.

Les frigos étaient importants pour mon père, mais l'un d'entre eux le fut aussi pour l'enfant, un cousin, qui n'en savait encore rien. Au moins, aurait-il pu se dire, sous réserve qu'il s'agissait bien d'un frigidaire de marque Frimatic, que le frigo familial, celui où l'on entreposait son lait pour qu'il ne tourne pas, celui dans lequel il devait mourir, mais il ne le savait pas encore et ne le sut d'ailleurs jamais, au moins aurait-il pu se dire en effet qu'il mourrait dans un frigo contrôlé, qui sait, par mon père, ce qui était tout sauf une garantie. Il ne sut donc jamais qu'on le torturait, qu'on l'assassinait. Il ne sentit que ce froid et puis le noir, alors ne sachant pas, il se contenta de pleurer, ce qui n'était pas la meilleure idée puisque, précisément, on l'avait placé là pour refroidir ses ardeurs lacrymales. Des pleurs qui, à chaque seconde, se faisaient plus désespérés et angoissés. De cette angoisse qui dilate la gorge comme un étau de métal froid. Sensation d'étreinte, de faim. Il hurlait de peur et de terreur dans ce trou noir et froid. Un hurlement silencieux qui ne perturbait pas même le ronronnement du frigo. Sa mère qui toujours l'avait rassuré et réchauffé finirait par venir. Tout cela allait cesser. D'ailleurs, ce n'était qu'un froid de rêve, il allait se réveiller d'un coup dans les bras de sa mère venue le calmer après un terrible cauchemar. Mais l'enfant ne savait pas non plus que Dieu, le Dieu des frigos, lui avait choisi une vie qui ne serait qu'un cauchemar.

Dieu,
Dieu des frigos,
Lumière des néons,
Et des étagères.
Dieu,
Dieu des frigos,
Un enfant t'appelle.

Il ne connaît pas la prière.
C'est un enfant blanc.
Accueille-le.

Un cauchemar que le Dieu des frigos avait voulu court, très court. Pas le temps de flâner ou de se balader, ni même de marcher car il ne marcherait pas, car il ne danserait pas, à jamais gelé, impotent et impuissant, avec pour seule force un cri qu'on n'entendait plus.

Mon père, qui contrôlait des frigos, se suicidait aussi régulièrement. Il avait même, pour ces occasions, le sens du spectacle. Il sophistiquait chaque fois davantage sa mise en scène. Une de ses dernières tentatives, la plus spectaculaire, fut particulièrement réussie, mêlant des compétences de jardinier, acquises quelques années plus tôt au centre de formation professionnelle pour adultes, à un sens consommé de l'interpellation des pouvoirs publics. Un beau matin de mai, il avait décidé de faire de la façade de la préfecture de Châlons-sur-Marne, que le progrès administratif a rebaptisé depuis Châlons-en-Champagne, le théâtre de sa plus belle tentative, la plus publique et peut-être la seule où l'humour le disputait au désespoir. Mais était-ce de l'humour, même noir ?

Muni d'un de ces bidons verts que l'on voit rangé par dizaines sur les étagères des Jardiland,

Bricorama et autres enseignes de l'art de vivre, il se planta devant les plantons de la préfecture, dos aux hautes grilles, aux hampes dorées. Il dévissa doucement le bouchon, d'abord à l'envers, en appuyant pour débloquer le cran de sécurité destiné à éviter un usage intempestif de ce produit dangereux par des enfants, puis à l'endroit.

Il posa le bouchon par terre pour être sûr de le retrouver, ce qui pour un futur mort était une précaution curieuse. Il avala une lampée d'un liquide bleu, un peu visqueux, et fit la grimace. Puis il s'effondra. Personne n'a vraiment su si cet évanouissement était le fait du produit qui, dans ses tuyauteries peu habituées à de tels gargouillis acides, faisait déjà effet, ou si plus prosaïquement l'émotion due à la prise de conscience de son geste avait été si forte que son corps, comme pour s'habituer à l'avance à sa catatonie future, avait choisi de s'allonger là pour anticiper la suite.

Certains avancèrent même une explication plus esthétique due à la prise de conscience soudaine de la qualité de sa mise en scène, là, devant les grilles dorées de la préfecture. Grilles qui ne s'ouvraient sur aucun paradis. Il se tuait au désherbant comme pour souligner combien il était de la mauvaise graine, de la mauvaise herbe, du chiendent même, en interpellant des pouvoirs publics qui n'y pouvaient rien, ce qui, après tout, leur est bien naturel.

Bien entendu, un attroupement se constitua. Le Samu, appelé sur place par le planton qui avait suivi la scène, ne tarda pas. Quelques minutes plus tard, un lavage d'estomac sauvait mon père du néant, celui de la mort bien sûr, car l'autre, le sien, était toujours là.

Une autre fois, moins spectaculaire celle-là, ce sont les veines de ses poignets qu'il avait coupées, des deux côtés, pour la symétrie peut-être. Que cherchait-il à dire ce jour-là ? La douleur était probablement trop forte dans sa poitrine et les veines de la déveine trop palpitantes. Il avait cherché à couper court. J'ai regardé ma mère et mes sœurs laver le sang. Le filet rouge avait quelque chose de plus vivant que le vivant. Il emportait sur le sol les poussières du matin d'avant le coup de balai. Un sang plus rouge que les briques du sol et plus visqueux qu'un serpent.

Maudit soit l'été,
Maudit soit le couchant,
Haï soit le gisant !

La serpillière sur le sol et, dans la cuvette, l'eau rougie par le sang.

Vivre avec le suicide pour témoin,
Du jour et de la nuit,
Le suicide pour éventualité, pour horizon.
Vivre avec le suicide. C'était sa destinée.

Ma mère ne travaillait pas non plus mais se démenait beaucoup. Dix enfants à la maison, c'est du boulot. Nous vivions des allocations familiales.

C'était très insuffisant et régulièrement nous faisions des travaux agricoles pour gagner un peu d'argent à une époque où l'agriculture avait encore besoin de bras. Nous étions de ce point de vue parfaits car mes parents pouvaient à eux seuls – et sans recourir à la main-d'œuvre espagnole ou portugaise qui était le plus souvent utilisée – aligner une équipe de six ou sept personnes. Je dis six ou sept car mon père nous accompagnait et, après un quart d'heure d'un travail qui l'avait épuisé, allait fumer une cigarette au bout du champ. Cela lui prenait, en général, tout le temps que durait le travail. C'est comme cela que chaque année nous « faisions les betteraves ». Cette expression recouvrait un travail répétitif. Les semoirs n'étaient pas très perfectionnés à l'époque. Ils déversaient, par le petit orifice réalisé à la base d'un entonnoir, un filet continu de graines dans chaque sillon. Si bien que quelques semaines après que les betteraves avaient commencé de lever, il fallait couper les plants en surnombre, séparer ceux qui étaient collés l'un à l'autre, et ne laisser tous les quinze centimètres qu'un plant destiné à devenir une betterave à sucre adulte. Nous passions des journées entières, courbés vers le sol, à démarier les betteraves, à les divorcer en quelque sorte. C'était une sensation curieuse de se retrouver ainsi à quelques-uns, en famille, au milieu de vastes champs, à couper des plants de betteraves. Le travail semblait immense, décourageant. Il fallait alors oublier cet espace, oublier le temps, et progressivement, d'heure en heure, de jour en jour, mètre après mètre, se couvrait la distance, rejoignant l'horizon. C'était ensuite une satisfaction intense que de voir tout ce travail accumulé. Peut-être est-ce comme cela que le goût du travail vous vient, par les bras, par le dos, avec la satisfaction de ce qui est accompli, quand le regard se porte sur la distance immense, plus encore si c'est un regard d'enfant, sur tout cet espace plus foncé où la terre a été retournée, soigneusement mise de côté pour dégager chaque pied de la plante, dessinant petit à petit de longs sillons intercalés de petites buttes de terre. Curieusement, je ne vivais pas ce travail comme une contrainte. J'étais fier, au contraire, de pouvoir le faire. Dès l'âge de sept ans, j'avais manifesté ma volonté d'y participer et je devais même à une énorme colère que l'on accepte de me confier un outil, une binette. J'essayais à ma manière, parfois jusqu'à l'épuisement, de retarder un peu le naufrage familial, de contribuer un peu à la survie, d'être un grand.

Le destin prend parfois des formes curieuses et les histoires bifurquent quelquefois pour presque rien. Moi, ce fut un coup de poing qui décida en partie de mon destin ; un coup de poing qui ne fut ni fort ni agressif. Un coup de poing par accident, par réflexe, dont les conséquences furent imprévues. C'était en 1968, l'année des bouleversements. Cette année-là, comme les précédentes probablement, j'étais en butte aux agressions presque quotidiennes de mes camarades, condisciples plus que camarades d'ailleurs, que notre pauvreté, les idées communistes de mon père, sa tête d'immigré – il avait une grand-mère tunisienne – ou bien tout à la fois, excitaient. Selon les jours, c'étaient des moqueries, des insultes et parfois des coups.

« Ouate qui pue », c'était le nom qu'ils nous avaient donné. Peut-être qu'on puait d'ailleurs ; au moins l'humiliation avait un nom.

Ce jour-là, un plus grand me poursuivait et voulait me frapper. Quelle en était la raison, je ne m'en souviens plus, mais la peur que j'ai éprouvée alors, je la ressens encore. Je courais à perdre haleine pour essayer de le distancer, mais irrésistiblement, il se rapprochait de moi. Nous dévalions dans sa hauteur la place de graviers qui séparait l'école de la poste pour rejoindre la grande rue qui parcourait le village d'un bout à l'autre. La place, que l'on avait recouverte de gros gravillons pour éviter que les jours de pluie il n'y ait de multiples flaques d'eau, me paraissait alors immense. Dans mon imagination d'enfant, c'était presque un désert qu'il me fallait traverser pour échapper à mon poursuivant. Ma peur augmentait à mesure que l'espace qui nous séparait diminuait. Je fus rapidement rejoint. Je m'attendais à être frappé. J'étais d'autant plus terrorisé que quelques semaines plus tôt, un matin en allant à l'école, les grands m'étaient tombés dessus à deux ou trois. J'avais suffisamment pris de coups pour préférer rentrer à la maison et me plaindre à ma mère. *Elle* ne me plaignit pas, ne compatit en rien à ma peur. Sa réaction fut pour moi incompréhensible et douloureuse. *Elle* m'engueula et me somma de faire face. Je devais affronter et apprendre à me défendre. C'était la vie, disait-*Elle*.

Je savais donc que je ne pouvais pas, cette fois, me réfugier à la maison. Je fis la seule chose qui m'apparut encore possible. Ultime réflexe. Je m'arrêtai brusquement, me retournai et simultanément frappai mon assaillant le plus fort que je pus. Il fut surpris par mon geste, déséquilibré par la collision et tomba à terre. Je fus très étonné de l'efficacité d'un geste qui tenait davantage de la réaction de survie que d'une technique de combat. Pour autant, je ne demandai pas mon reste et je repris ma course pour maintenir entre mon agresseur et moi le plus de distance possible. Saisi, surpris par le coup et sans doute vexé d'être tombé, mon poursuivant mit quelques secondes avant de se relever. Je crus un instant qu'il abandonnerait, mais il reprit sa course avec plus d'énergie et ne mit pas longtemps à me rattraper. Il m'empoigna. Je pensais bien, après ce coup d'éclat, passer un sale moment. Je m'y attendais, je m'y préparais. Pourtant, il ne se passa rien ou pas grand-chose. Le garçon me secoua un peu, me menaça, probablement pour préserver la face, mais ne me frappa pas. Un épilogue inespéré. Je comprends maintenant qu'il ne pouvait pas lâcher sa proie, un plus jeune, sans se disqualifier aux yeux de ses camarades. Le coup reçu l'avait surpris et lui avait certainement fait mal. Il ne pouvait se l'avouer mais il avait eu peur. Il s'était donc contenté de réaffirmer son autorité de grand sans prendre le risque d'une véritable bagarre. Plus que cette fin inattendue, ce sont les conséquences qui furent étranges. La violence du coup de poing dans lequel j'avais condensé toute ma peur m'avait surpris moi-même, mais n'étant pas habitué à ce genre d'exercice, n'étant pas violent, je m'étais fait très mal. La réaction que j'eus alors fut curieuse. J'éprouvais, pour ce coup de poing, un sentiment de honte de l'avoir donné, de m'être rebiffé. Ce sentiment est surprenant pour une aussi légitime défense. Toujours est-il que le coup m'avait fait mal au point de rendre difficile l'utilisation de ma main, notamment pour l'écriture. Je triplais mon cours préparatoire où nous apprenions précisément à écrire. Nous faisions des gammes, nous alignions à longueur de cahier, avec une plume trempée dans l'encrier de porcelaine inséré dans un pupitre en bois, des lettres, des alphabets, des mots. Aussi, pour cacher le fait que j'avais mal à la main, j'entrepris de m'appliquer. Pour que la douleur ne se lise pas dans mes exercices, je cherchai par tous les moyens à canaliser mon geste et je dus pendant des jours, et même les deux ou trois semaines qui suivirent, m'appliquer. L'institutrice me félicita. Était-ce l'effet de l'encouragement, je m'appliquai davantage. Après une scolarité si mal commencée, soudainement, je travaillais bien, d'une application qui insensiblement contamina les autres matières. Même pour la lecture qui pourtant, exception faite d'un index tendu pour suivre parfois la ligne du texte, ne sollicite que peu les muscles métacarpiens, l'amélioration fut spectaculaire. Ce coup de poing fut ainsi, à la lettre, un véritable coup du destin.

Dans ce village, en dehors des coups de poing, il n'arrivait jamais rien, jamais personne. Pourtant, elle est arrivée cette année-là. Je revois encore cette matinée d'automne où l'on a frappé à la porte de la classe du cours préparatoire. Elle est entrée accompagnée par je ne sais plus qui, un adulte, quelqu'un de sa famille ou le directeur de l'école peut-être. C'était un événement. Un événement moins important que les autres, ceux dont parlaient les grands, qu'on ne comprenait pas, dont on sentait simplement la gravité à l'inquiétude que laissaient percer les conversations des adultes. C'était un événement car dans ce village qui dépérissait doucement au rythme de l'exode rural, on partait plus souvent qu'on arrivait. Mais cette année-là, elle arriva, d'Esternay, une ville dont le nom m'était inconnu, qui me semblait exotique, quelque part, probablement très loin. Ses parents avaient acheté une grande bâtisse dans le village. La plus grande maison, une maison bourgeoise entre de grands arbres qui, dans mon imagination d'enfant, était plutôt un château. C'était une princesse en quelque sorte.

Elle s'appelait Christine. Christine tout simplement. Elle était jolie avec un visage aux traits fins et intelligents et des cheveux noirs.

Elle était appliquée et obtenait de bons résultats scolaires, les meilleurs. On distribuait encore des prix – remis publiquement au moment de la fête de l'école de fin d'année, devant tous les parents réunis, devant le maire et son conseil municipal. Elle avait toujours le premier.

La préparation de la fête était un moment étonnant que j'aimais particulièrement. Toute l'école préparait un spectacle qui serait donné devant les parents avant la remise des prix. Tout commençait par le garde-champêtre qui, plusieurs semaines plus tôt, apportait de gros madriers de bois qu'il posait et assemblait sur des tréteaux de fer de presque un mètre de haut. L'ensemble faisait une scène au plateau inégal qui vibrait et rebondissait lorsque les enfants dansaient dessus. C'était ensuite les rideaux en toile bleue de chacune des classes qui étaient déposés pour être assemblés et reposés sur des fils de fer qui délimitaient la scène. Les plus grands élèves étaient chargés de les coudre ensemble sur toute la hauteur pour assurer l'étanchéité de la cage de scène. Dans les derniers jours, juste avant la fête, il y avait l'arrivée du décor de fond de scène que chaque année le directeur de l'école peignait sur de grands rouleaux de papier. Et puis, la veille ou l'avant-veille, il y avait le cérémonial des bancs de bois. Une journée était banalisée, comme disent les autorités éducatives aujourd'hui. On allait deux par deux jusqu'à la mairie chercher les bancs qui y étaient entreposés. Il y avait comme cela pendant toute une matinée un défilé au travers de la place du village. Les bancs étaient installés dans la cour où nous avions pour mission de les laver avec des brosses. Ils séchaient ensuite au soleil avant d'être installés sous le préau, devant la scène.

Venait alors le grand jour. Toutes les classes avaient fabriqué et dessiné des programmes. Il y avait le maire. Il y avait les parents. C'était un moment très important de la vie du village.

Christine occupait mon esprit. Je l'aimais comme seuls savent aimer les enfants, exclusivement et secrètement. Secret si bien gardé qu'elle n'en sut jamais rien. Normal, elle était une princesse, vivait dans une grande et belle maison et j'étais un enfant pauvre, sale probablement. J'avais conscience de la différence, aussi je m'abstenais, de rêver, de l'approcher, de jouer avec elle, de l'aimer. Trop occupé à survivre, trop de peur, trop de honte aussi.

C'est dans ce cours préparatoire que s'est joué en partie mon destin. Celui du coup de poing. Celui de l'arrivée de Christine. L'institutrice s'appelait Mme Galateau et était bienveillante à mon égard. On apprenait la plantation des arbres et chacun de nous devait venir avec un marron. Nous les avons placés sur du coton et nous avons attendu la germination. Très vite le marron que j'avais apporté fit des feuilles et grandit si bien qu'elle décida de le planter dans son jardin. La scène ne fut pas tarkovskienne et je ne participai pas à la plantation. Il n'y avait aucun *sacrifice*. Mais régulièrement, elle m'informait de la croissance de l'arbre. Il grandissait donc et je n'étais pas peu fier de l'arbre qui grandissait si bien. Je ne le vis jamais. L'école est aujourd'hui désaffectée. L'institutrice est depuis longtemps partie à la retraite et l'arbre a été détruit en même temps que le jardin attenant à l'école et remplacé par une belle place pavée comme l'on en fait aujourd'hui au cœur des villages qui se ressemblent tous dans le modernisme artificiel de leurs équipements publics fonctionnels.

Il est mort la même année. Un petit frère, le dixième, la maladie bleue. Olivier. Un nom d'arbre et de soleil.

On m'a appris sa mort alors que nous étions en rang pour rentrer en classe. En quelques secondes, là, au milieu des autres, avec cette belle recommandation d'adultes : il faut être courageux, il ne faut pas pleurer. Triste monde qui n'accepte pas la tristesse.

Triste monde
Qui nie l'univers du dedans
De la tristesse
De l'hiver
Triste monde du dehors
Coup du sort
Triste monde pour celui qui vagabonde
Vague à l'âme
D'un couteau
Sanglant
Semblant
Vague à l'âme du dedans

Pas même le droit à la tristesse. Et puis, après tout, lui était mort et moi j'étais vivant, alors. Il n'a vécu que quelques jours seulement et il n'a pas pu tenir la distance. Manque de souffle. À moins qu'il n'ait eu peur de ce qui l'attendait, une peur bleue. On le comprend. Lucidité.

Chapitre 6

Papa,
Il y a mille ans que je ne t'ai pas appelé comme ça
Et plus encore
Que je ne me suis pas blotti contre toi,
Pendu à ton cou.

Pourquoi ?
Pourquoi ?
On m'a dit que tu déclines,
La mort approche, c'est sûr maintenant
Toi qui as tant voulu la cueillir
C'est finalement elle qui va choisir
Il faudra t'y faire
Tu as toujours tout subi.

Quelle ironie,
Avoir tant voulu se tuer et finalement en être réduit à attendre la mort
Mortel
Mortelle ta vie,

Jusqu'au bout
Peut-être t'étonnes-tu de cette lettre
Alors que nous n'avons jamais correspondu
Sauf, une fois où tu m'as écrit,
Tu étais au bout du rouleau. C'est ce que tu as dit.
Il s'est beaucoup déroulé depuis et tu es toujours là.
Quel bouffon tu fais, comme disait Luigi Pirandello
Ah, les bouffons, les bouffons, bouffons-les !

Bien sûr, tu ne t'attendais pas à cette lettre.

Une lettre ouverte, sur des plaies mal refermées.
Quelle idée ?
Et puis les plaies, c'était plutôt ta spécialité.

Finalement,
Tu sais, je vais payer pour toi,
Je n'ai pas le choix ont-ils dit,
Pour tes vieux jours,
Pour un confort d'asthénique anesthésié
Dans un mouroir patenté.
Pourquoi ?
Pourquoi tu ne m'accompagnais pas ?
Pourquoi,

Me faire si mal,
Dans ta tête instable.
Souffrance qui dérive
D'une vie à l'abandon

Dans la survie précaire des médicaments.
Ta tête a tellement frappé, les murs, le frigo.
Mais pourquoi ?

Pourquoi tu ne m'accompagnais pas ?
Pourquoi tant de manquements,
Et de manque ?
Tu m'as manqué, c'est sûr.
Là tout près, à l'autre bout de la table, si présent,
Si absent.

Mais tu étais perdu.

Pas pendu, comme l'autre, au bout de sa branche,

Que sa misère avait usé bien plus que la corde avec laquelle il s'est pendu.

Tu étais perdu.
Depuis longtemps
Avec l'autre, le tien, ton père,
Qui ne t'a pas accompagné non plus
Et qui t'a manqué aussi.
Naufrage générationnel, noyades généralisées.
Il a pris le large, on ne l'a jamais revu,

Disparu en mer,
Disparu,
Sauf dans ta tête de souffrance.
Des souffrances que j'ai en moi

et qui me chuchotent tout bas,
Je t'aime,

Et les algues marines ondulent une danse bleue.
J'ai en moi ton néant d'abandon,
Avec le mien, ils se tiennent chauds.

Maudit soit l'été, maudit soit le couchant,
Haï soit le vivant.
Maudit soit l'été,
Celui de tous les tourments,
L'été des cœurs secs.
Maudit soit le couchant,
Aux yeux ruisselant d'innombrables chagrins,
D'insondables misères.
C'était toi papa,
Éteint et ruisselant.
Depuis toujours tu étais là,
Tout près, au bout de la table,
D'où tu ne m'accompagnais pas.
Et moi, j'étais là avec toi
Et toi tu frappais, frappais,
Ta tête contre le mur, le frigo,
Sur mon front,
Au sol,
Les cris d'oublis sous les coups du sort.

Et que dire, que faire,
D'un corps qui sonne le creux horrible du dedans,
Le frigo en pleurant.

Pourquoi le secouer ?
Tu t'es fait mal si souvent,
Suicidé avec tant de constance.

Et même avec le sens du spectacle, tu te souviens,
Devant la préfecture, avec le désherbant,
Quel spectacle, quelle tristesse
Les grilles aux bouts dorés
Le désherbant dans son flacon vert,
Et toi vautré sur le sol.
Et les passants surpris d'un homme qui tombe à terre.
Qu'a-t-il avalé ?
Pourquoi fait-il cela ?
Il se prend pour une plante maintenant.
Mauvaise herbe.
Ils ont nettoyé ton estomac. Échec à la mort.

Tu es vieux maintenant.
Ça t'est venu d'un coup.
On ne peut plus rien pour toi, pas même le souvenir.
Jusqu'au bout la survie,
Seul dans des songes anciens,
D'une douleur qui ne dit pas son nom.

Papa,
Tu te souviens,

Le moulin aux ailes immobiles,
Dans un grand champ de coquelicots,
Rouges,
Sur le haut de la colline.
C'était l'été,
Nous avons joué,
Tu as existé, là-bas, près du moulin.
Un instant chaud, d'un jour d'été.
Rares instants où la douleur n'avait pas le dessus,
Où la chaleur l'a emporté.
Le sol du chemin qui montait en pente la colline, bordé de pins.
Le sol du chemin d'un été sec, chaud, qui se lézardait, se craquelait sous la chaleur du soleil.
Des milliers de fourmis couraient partout sur le sol,
Des fourmis rouges,
Le long des crevasses d'un tremblement de terre de fourmis.
Nous avons pique-niqué tous ensemble, dans l'herbe,
Les nombreux.
Tu nous as fait des avions de papier,
On a chahuté,
Les coquelicots à perte de vue autour du moulin, rouge sang et puis le long du chemin un rang de bleuets plantés là par on ne sait quel jardinier d'enfance.
Un des rares moments où tu étais là pour nous,
Avec nous,
Un peu heureux.

Le reste du temps, tu restais là, obstinément,
Assis au bout de la table,
Et tu ne nous accompagnais pas,
Les yeux fermés, la tête sur la main,
Tourné vers un intérieur d'oublis.
Dormant, survivant à la table familiale.
Lâche. Lâcheur.
Aveugle et sourd,
Muré du dedans dans ta douleur
Qui occupait tout
Regard perdu,
Intérieur, vide et froid
Complet des souffrances de l'abandon,
Des rejets,
Exclu, rejeté, déchet.
Excrément social,
C'est probablement ce qui quelquefois te poussait à en étaler partout.

Je t'écris cela en pleurant,
La main sur le ventre
La main sur la tête,
Le cœur à l'envers,
Les yeux sans lumières,
Dans l'enfer froid du dedans.
Je t'écris cela
« Skieur au fond d'un puits »
d'où l'on ne remonte pas.
Pas de remonte-pentes,

Pas de forfaits, sauf hospitalier.
L'eau sombre et froide
Gelée parfois du puits dehors,
Devant la maison,
Lorsque la pompe sur l'évier de granit
Était grippée.

Tu te souviens, parfois l'hiver, tu perçais une vieille poêle de fer dont on ne se servait plus depuis longtemps avec un gros clou, à coups de marteau.

On fendait les châtaignes, on les faisait cuire.
Il y en avait beaucoup.
Profusion rare.
Il y en avait pour tout le monde.

Tu étais le perdu du bout de la table,
Toi, le lâche.
Des heures,
Des jours,
Des années,
Muré dans ton silence, obstiné dans ta souffrance,
Dans ton suicide immobile,
Toi qui ne m'accompagnais pas, qui n'accompagnais personne, qui te perdais doucement, assis au bout de la table.

Et comment n'ont-ils pas su ? Le malheur du dedans, là où jamais la chaleur ne parvient.

Je t'écris tu sais, parce que je lui ai écrit à Elle *aussi, à cause du procès. Tu dois savoir. Comme*

Elle. *Tu dois comprendre, comme* Elle, *tout le mal intérieur, tout le mal que tu m'as fait, tout le mal qui prospérait là-bas.*

Comment est-ce arrivé ? Comment as-tu pu errer ainsi, si longtemps, brisé, flottant, irréel, dans une souffrance inaccessible mais qui occupait toute la chambre froide, toute la maison, qui habitait tout, qui nous habitait.

Cela me fait drôle de t'écrire maintenant, cette lettre que tu ne liras probablement pas,

Je t'ai tant haï, tant détesté, fait bouillir longuement dans des jeux d'enfants infinis, dans d'énormes chaudrons de fer,

Frappé, blessé, cassé.

Pour les coups que tu nous donnais, violents,

Pour la peur que tu nous inspirais,

Pour l'absence permanente,

Au bout de la table.

Tu te souviens,

Papa,

La peur ?

Même les gendarmes n'ont pas voulu monter. Ils n'ont pas osé. Ils pensaient que tu étais armé. On a dormi tous dans la même chambre et dans la même peur. Combien de temps a duré la crise ? Et puis peu à peu, le calme est revenu, la vie a repris son cours. On a continué.

Avec toi, toujours là, assis au bout de la table.

Chapitre 7

Tribunal de grande instance de Beauvais, 11 h 30.

La présidente écoutait attentivement. Ses vice-présidents aussi.

À mon grand étonnement, elle ne manifestait aucune irritation, ne m'interrompait pas et me regardait avec le regard bienveillant et encourageant de ceux qui se sont donné pour mission de bien faire, qui croient au rôle que la société leur a confié. Elle écoutait. Je sentais, sur le banc, l'avocate qui s'impatientait. J'allais mettre à bas son bel édifice, irriter le tribunal. Ce n'était pas le lieu des confidences, des doutes, des incertitudes. Il fallait des arguments, surtout pas de la compréhension pour *Elle*, encore moins des regrets. Mes deux sœurs étaient silencieuses. Elles avaient la tête légèrement baissée. Elles écoutaient en silence le récit d'un monde qu'elles connaissaient, trop, probablement. Ma mère ne bougeait pas. Assise sur son banc. Le regard obstinément fixé devant *Elle*. Que pouvait-*Elle* ressentir ? *Elle* aussi connaissait trop ce monde-là. Mais se rendait-*Elle* compte vraiment ?

Cela faisait quelques minutes que j'avais pris la parole. Au début surtout, les jambes semblaient se dérober. Il y eut un petit tremblement, imperceptible, vite conjuré en serrant les mains sur la barre de bois de la balustrade qui en avait vu d'autres, que d'autres avaient serrée aussi pour se raccrocher un peu à leurs vérités, pour tenir. Il y eut des hésitations aussi. Comment leur expliquer ? Comment pourraient-ils comprendre ? Et puis par où commencer ? Tout cela avait-il un sens ? Il y avait le vieux. Il y avait le trou, le froid. Il y avait le frigo. Blanc. Il y avait la peur, la maladie, la faim aussi parfois. Mais tout cela était si banal. Pas une excuse, à peine une explication.

Petit à petit les images apparaissaient pourtant devant moi, le passé me traversait, m'habitait, et ma voix se fit un peu plus assurée, un peu plus forte, pour conjurer le sens des mots, pour les tenir à distance, pour être entendu. Car je parlais et je ne m'entendais pas. C'était mieux ainsi. Une manière de dire ce que l'on ne sait pas encore. Il fallait simplement continuer maintenant, ne pas s'arrêter. Continuer jusqu'au bout et venir à bout de l'autre, l'Alien. L'Alien de mon ventre froid, fruit du mariage de l'abandon et du désespoir.

Depuis un instant, ma sœur pleurait doucement à côté de moi. Des pleurs silencieux, dignes, d'une douleur qui s'écoule toute seule par les yeux. Était-ce l'évocation des suicides, du sang ? Avait-elle enseveli tout cela ? Sûrement. Elle était venue au tribunal avec la haine au ventre, la volonté de se défendre, de dire ses souffrances anciennes, d'accuser. Elle pensait en découdre. Et voilà, qu'elle se voyait là, au milieu, avec à la main une serpillière rougie par le sang de mon père, de son père. Alors, elle pleurait doucement. Pleurait-elle sur lui, ou sur elle-même ? Car là-bas, on ne pleurait pas. À quoi cela aurait-il bien pu servir ? Il n'y avait personne pour entendre, pas de mains pour sécher les larmes.

Immobile, patiente, la présidente écoutait. J'étais étonné de la force de cette toute jeune femme. Où avait-elle pu aller chercher cela ? Du malheur quelque part. Ma sœur continuait à sangloter doucement, sans bruit. J'avais laissé un silence suspendu. Par respect de la douleur peut-être. Parce que j'étais gêné aussi. Comment réagir ? Elle n'eut qu'un mot dit précautionneusement, comme pour ne pas déranger.

« Continuez. »

Mais rien ne venait et tout se bousculait. La peur, la maladie, les errances, les efforts pour avancer, pour survivre, pour exister. Je n'aurais pas dû venir. M'abstenir. Je n'aurais pas dû venir. Mais c'était plus fort que moi, je voulais leur dire et je ne pouvais pas. Je mesurais aussi le risque, l'effondrement menaçait. J'avais gardé cela si longtemps, rangé soigneusement sur les étagères de l'oubli, enfermé dans mes cauchemars, cadenassé dans la grange aux souvenirs. Rien ne venait. Le silence me bourdonnait aux oreilles et à l'intérieur une énorme tempête s'était levée, à l'abri du dedans, encore imperceptible. Mes jambes tremblaient maintenant et mes mains se crispaient sur la barre pour ne pas sombrer, moi aussi. Je n'aurais pas dû venir, ouvrir les vannes, laisser remonter le monstre froid, la grande solitude intérieure, le malheur cristallin, coupant. Je n'aurais pas dû.

Chapitre 8

J'étais un enfant frigo et je ne le savais pas. Comment le croire, comment était-ce possible ? Je savais bien qu'il y avait eu des difficultés, des complications mêmes, des hasards aussi.

J'avais quinze ans. J'étais interne depuis trois mois à peine dans le grand lycée technique de la ville voisine. La cité technique de Châlons-sur-Marne. J'y préparais un baccalauréat technique. Non pas que j'aime la technique. Mais le professeur principal, en classe de troisième, vers la fin de l'année, lorsque vient le moment de l'orientation, l'avait dit. Le baccalauréat technique est le seul qui permet de trouver un travail tout de suite à la sortie. Nous étions en 1975, le chômage et la crise économique avaient fait leur apparition quelques mois plus tôt. Il fallait choisir une filière, mathématique, littéraire, technique. La phrase m'a frappé. Pouvoir travailler rapidement, gagner sa vie. Le divorce de mes parents était annoncé, avec dix enfants, onze, était-ce sérieux ? Tout sombrait et je ne voyais vraiment pas comment j'aurais pu étudier. J'avais conscience qu'il leur serait impossible de payer des études supérieures. Le plus sage était donc d'aller au plus court et d'abandonner ma première idée de suivre une filière littéraire pour devenir avocat. Ce serait donc une seconde technique avec du dessin industriel, de la physique, de la chimie, du tournage, du fraisage. J'étais plutôt un bon élève. Le seul de la famille à entrer en seconde, déjà une performance.

Dans cette grande machine à enseigner qu'était la cité technique, j'étais perdu, seul. Très seul. Pour supporter ça peut-être, je m'absentais encore davantage. J'essayais de lire, souvent assis par terre dans un coin de la cour, des livres que je ne comprenais pas.

L'existentialisme est-il un humanisme ? Il m'en est resté le titre, comme un programme. Les mercredis, il y avait les activités sportives. En revenant du stade, sur le chemin conduisant au lycée, un de ces mercredis précisément, j'ai pris la décision. Je m'étais assis sur un banc avec un camarade. Je lui parlais d'une vie magnifique à Paris, de l'argent qu'il y avait à gagner. Des études que j'allais arrêter.

Déjà, pendant les vacances d'été, les deux années précédentes j'étais monté à Paris, chez mon oncle, travailler sur les chantiers. Il était artisan solier-moquettiste. Il posait des revêtements de sols. Il y avait de l'argent à prendre, disait-il. Et l'argent, pour moi, c'est ce qui avait le plus d'importance. C'est ce qui permettrait d'effacer la saleté, d'avoir des vêtements propres tous les jours, de reconquérir la dignité.

Et, du coup, j'ai tout fait pour partir, consciemment, inconsciemment. J'ai créé un incident en insultant la professeure de mathématiques qui était aussi la professeure principale. Elle n'a sûrement pas compris pourquoi je l'agressais, pourquoi elle.

J'étais perdu. Sans le savoir. L'adaptation à cette nouvelle vie d'interne était difficile. Elle me renvoyait à d'autres isolements et je ne supportais pas. J'avais peur de cette femme qui apparaissait dure, exigeante. Alors, il y a eu la crise et elle en est devenue la destinataire. Je l'ai agressée. Je ne sais plus très bien comment. Elle n'a pas compris que c'était un appel de détresse. La crise était devenue ma manière de m'exprimer, de dépasser mes impossibilités, en troisième avec le principal du collège que j'avais insulté d'injures racistes, peu glorieuses, en seconde avec cette professeure de mathématiques, plus tard encore, à la fin de mon CAP de peintre en bâtiment. Et chaque fois la même solution, partir, m'enfuir et refuser le malaise immense.

La machine éducative s'est mise en route, efficace. On a tenté de comprendre. Il y avait un dossier. Des antécédents familiaux. Famille nombreuse sans beaucoup de revenus, alcoolisme du père, maladie mentale, difficultés sociales, comme ils disent. Quelques mots qui attendrissent un peu, posent un décor. La compréhension.

On m'a convoqué. Je me souviens bien de cet entretien. La salle d'attente. Il y avait des sièges bas et des plantes vertes. C'était un espace qu'on avait voulu moins fonctionnel que le reste du lycée, plus humain. Je sentais confusément qu'on avait voulu mettre là un peu plus de chaleur. Quand je suis entré dans le bureau, elles étaient deux. Des femmes. Elles m'ont interrogé, ont essayé de comprendre. J'aurais voulu leur dire, mais leur dire quoi ? Je ne savais pas. Je comprenais que je pouvais trouver là un peu de bienveillance. Mais j'étais sur la défensive. Non pas vis-à-vis d'elles. Elles ne me faisaient pas peur. J'aurais pu affronter la mort s'il avait fallu plutôt que le grand malaise intérieur. Je me voyais debout, sec, durement. J'ai cru un moment pleurer, m'effondrer. Une autre vie était possible. Mais tout mon être était tendu dans la résistance, pour que le corps barricadé de l'intérieur tienne encore debout, qu'il ne se décompose pas, ne s'affale pas. Je n'y aurais pas survécu. Je ne tenais debout que dans la résistance, dans l'enfermement. Si le barrage émotionnel avait sauté, je serais devenu fou. Je le savais sans le savoir et je résistais furieusement pour me sauver.

Quand il a reçu la lettre du lycée, mon père a essayé de me parler, de me convaincre de ne pas abandonner mes études. Était-il sincère ? Il l'a fait sans conviction. Mais là j'ai résisté et je lui ai fait clairement une menace. Ou il me laissait arrêter mes études, partir pour Paris, ou j'étais capable, s'il m'imposait de retourner au lycée, de me suicider. L'argument était violent, surtout pour lui qui avait tenté cette voie de multiples fois. Je ne sais pas ce que j'attendais, qu'il me gifle peut-être, qu'il hurle. Il n'a rien fait. Il ne m'a pas giflé. Je crois que j'aurais préféré cela, voulu qu'il se préoccupe de mon avenir, qu'il m'accompagne. Mais il était là, mimant le père sans avoir la force de l'homme, corps qui flotte, gonflé, vide, sans envie, lâche par habitude, par renoncement. Il ne m'a pas soutenu, pas délivré de mon avenir, pas giflé.

Pourtant, il l'avait fait autrefois lorsque j'avais huit ou neuf ans, juste avant la fugue. Une formidable gifle, violente. Je lui avais répondu. Je l'avais traité de faignant, je crois. Il m'avait envoyé dans la chambre sombre, humide même l'été. Au-dehors, il faisait beau. Il y avait du soleil. Fenêtre ouverte sur la lumière, la chaleur. Alors, je l'ai enjambée. Je suis parti. J'ai marché. Fallait-il prendre la petite route qui, à travers les champs, montait jusqu'à Corroy, un tout petit village, et se perdre ainsi, loin des routes fréquentées, se perdre pour de bon ? J'avais vu à la télévision un enfant qui fuyait. Perdition. Finalement, j'ai traversé le village jusqu'à la grande route, la route nationale, décidé, obstiné. Il y avait le long de cette route, un chemin, en contrebas. J'y avais réfléchi. Prendre le chemin m'aurait évité de me faire repérer, attraper. Je n'avais que huit ou neuf ans et j'avais peur. Je m'étais dit que je serais courageux, que l'on ne me retrouverait pas, mais j'étais si seul. Je restais donc sur le bord de la route nationale, celle avec sa grande ligne droite entre les arbres, dont on ne voyait pas le bout. J'avançais obstinément, probablement inconsciemment pour qu'on me voie, qu'on me trouve, qu'on me prenne et me comprenne aussi. Détresse du dedans.

Un homme s'est arrêté, étonné de trouver là un enfant, seul, le long de la grande route dangereuse, la route nationale. Il m'a interrogé. Qu'est-ce que je faisais là ? Qui j'étais ? Je n'ai pas voulu lui dire mon nom mais j'ai accepté de monter. Je savais que j'avais perdu. Je n'avais pas été assez fort. J'aurais pu courir, me sauver. Je n'ai pas eu la force. Détresse intérieure. Il m'a emmené à la gendarmerie, quelques kilomètres plus loin. Il a expliqué aux gendarmes la situation, leur a dit que je ne voulais pas dire mon nom et puis il est reparti. C'était ma première crise, mon premier appel au secours. Tremblements des jambes et du ventre. Lucidité d'enfant grandi trop vite. Enfance envolée depuis longtemps.

Les gendarmes ont été gentils. Ils m'ont interrogé, ont cherché à savoir. Mais j'ai refusé de répondre. Ne pas dire son nom. Disparaître. Au moins le nom. Alors, ils m'ont mis dans une des deux cellules, avec des barreaux de fer, un banc de bois foncé, pour m'impressionner, m'obliger à dire qui j'étais. Ils n'ont pas fermé la porte. J'ai cédé. Je voulais ne plus prononcer mon nom, disparaître au moins comme cela. Je m'en voulais de céder si vite, d'avoir été ramassé si facilement, de ne pas oser tenter de m'évader, de n'être pas assez courageux.

Ensuite, ils m'ont ramené à la maison. Ils ont garé l'estafette bleue au bout du chemin en pente. C'était la fin de l'après-midi. Je suis arrivé entre les deux gendarmes. Mes parents étaient devant la porte. Ils ne m'ont pas embrassé, n'ont pas crié, pas pleuré. Mon père m'a dit de rentrer. Ils ont parlé avec mes parents. Ils voulaient comprendre.

Mais cette fois, mon père ne m'a pas giflé, ne s'est pas opposé à mon départ et, à quinze ans comme tout s'écroulait, je suis parti. J'ai rejoint Paris.

Longtemps auparavant, lorsque jeune femme elle venait avec mon oncle nous rendre visite à la maison à la grange et à la chambre froide, j'avais apprécié sa peau douce. J'étais heureux de l'embrasser. Jeunes mariés, ils venaient nous voir. C'était la fin des années 1960. Puis plus tard encore, lorsque nous avions déménagé à l'autre bout du village dans une HLM neuf construit depuis peu dans l'ancien parc boisé du château. Leurs visites étaient un événement. Elles étaient rares et il y avait toujours des cadeaux. C'est au cours d'une de ces visites que mon oncle a proposé pour la première fois de m'emmener travailler sur ses chantiers pendant les vacances d'été. J'avais quatorze ans. Quelques mois auparavant, ma tante Geneviève, l'aînée de la famille, celle qui avait réussi, m'avait demandé de repeindre le buffet de ma grand-mère, celui où l'on rangeait les couverts dans des tiroirs qui sentaient l'ail. On retrouvait la même odeur dans les pâtes trop cuites qu'elle faisait toujours revenir à la poêle. J'avais repeint le buffet en blanc, en m'appliquant, si bien qu'on avait dit que je travaillais bien, ce qui probablement n'était pas vrai. Toujours est-il qu'à l'été 1975, j'accompagnai mon oncle à Paris. C'était évidemment pour moi une expérience à la fois toute nouvelle et formidable. Tous les matins se lever de bonne heure et rejoindre en camionnette un immeuble en construction à la porte de Pantin pour poser de la moquette. Mon oncle débitait au rez-de-chaussée d'énormes rouleaux de moquette que nous avions du mal à déplacer à deux. Il découpait des lés plus ou moins longs en fonction de la taille des pièces à couvrir. Je prenais les lés sur mon dos et montais les huit étages que comptait l'immeuble d'appartements où nous travaillions, des heures durant. Venaient ensuite les bidons de colle. Je préparais le travail, je balayais, puis mon oncle m'apprit à coller, à couper. Il y avait aussi le ciment de ragréage qu'il fallait étaler pour lisser le sol avant de poser le revêtement. Des sacs de ciment de vingt-cinq kilos que je montais sur l'épaule dans tous les étages. Je n'avais que quinze ans et j'étais plutôt un gringalet. Mais l'effort ne me faisait pas peur. Au contraire, je me ruais littéralement sur le travail avec une énergie presque sauvage. Mon oncle était content. Nous travaillions bien. Il s'était installé à son compte quelques mois plus tôt. Il était devenu patron et il en était fier. Le chantier était sous-traité à l'entreprise pour qui il avait travaillé comme compagnon. Il en profitait aussi pour détourner un peu de marchandise soit pour l'échanger avec les peintres qui, du coup, lui fournissaient quelques pots de peinture, soit pour la revendre au noir à des clients pour se faire un peu d'argent de poche. Car mon oncle aimait bien se garder quelques marges de liberté. À la fin de ces deux mois de travail, je rentrai avec un peu d'argent à moi, avec lequel j'achetai le costume. Le costume de velours bleu promené à la plage par trente-cinq degrés. Je l'avais payé un peu plus de cent francs, presque tout ce que j'avais gagné en un mois, et rapporté dans un carton, à l'arrière, sur le porte-bagages de la Mobylette. Jamais je n'avais été aussi bien habillé. Je l'avais repéré. J'en avais rêvé. J'avais tellement besoin d'être beau, d'être propre, qu'à mon retour je me suis mis en tête de me montrer avec mon beau costume. On avait depuis peu transformé les marécages qui occupaient l'ancien parc du château en un étang où l'on avait aménagé une petite plage de sable. Il faisait très chaud. Tout le monde était en maillot de bain, en short, en chemisette et je me promenais avec mon costume de velours sombre. Quelle chaleur ! Quelle misère ! Quelle tristesse !

À l'heure du déjeuner, on faisait réchauffer le repas qu'avait préparé ma tante. Le soir, je m'endormais dans la voiture tellement j'étais fatigué. L'été suivant, je suis revenu, pour d'autres chantiers. Il faisait très chaud : c'était l'été 1976. Il y avait eu ce chantier à Maisons-Lafitte chez le directeur d'un magasin de meubles. J'enviais leur vie. L'appartement aux meubles de style, aux moquettes épaisses. La femme bronzant sur le balcon en lisant un magazine. Un autre monde, inaccessible.

Mon oncle et ma tante habitaient un appartement qui était aussi pour moi d'un luxe absolu, avec des moquettes partout et des tissus tendus aux murs et aux plafonds. Évidemment à côté des murs de craie et des plafonds recouverts de cartons roses, cela changeait.

Après ces deux étés sur les chantiers, après mes trois premiers mois en classe de seconde j'ai quitté le lycée. J'ai rejoint mon oncle à Paris, là où tout se décide, là où renvoyaient toutes les étiquettes, sur les emballages, sur la table là-bas. Enfant, j'avais été frappé par ça, et j'avais interrogé ma mère. Toutes les adresses ou presque se situaient à Paris ou dans sa région. Tout se passait là-bas. C'est ce que j'en avais conclu. J'ai signé un contrat d'apprentissage de peintre en bâtiment. Deux ans pour apprendre. Je travaillais. Je gagnais ma vie. Mon oncle avait du travail. Ils me logeaient aussi.

Mes professeurs, au centre de formation, m'aimaient bien peut-être parce que j'étais bon élève, peut-être parce qu'ils savaient ce que je ne voulais pas savoir. Il y avait un couple d'enseignants que j'aimais surtout. Lui était professeur d'atelier et m'apprenait la peinture. Elle était professeure de français. Ils avaient chacun perdu un enfant, s'étaient séparés et s'étaient mis ensemble pour un autre équilibre. J'aimais bien leur histoire. Élève encore brillant, mais ce n'était pas bien difficile pour moi. Je passais trois semaines sur les chantiers et une semaine à l'école. Pour la plupart de mes collègues, la formation au centre était une épreuve, pour moi c'était un repos. J'eus mon CAP de peintre facilement, réussi brillamment. Premier de mon centre d'examen, deuxième pour toute l'Île-de-France. Je venais d'avoir dix-huit ans.

Puis ce fut à nouveau la crise. À cause d'un mot que je n'ai pas voulu accepter. Un mot qui en disait trop. « Recueilli ».

Ils m'avaient recueilli. Mais je n'étais pas abandonné. Je n'avais jamais été abandonné. Jamais. J'étais ouvrier, je travaillais ! Alors, je suis parti.

C'est ainsi que l'année de vendeur en porte à porte a commencé. Seul, du jour au lendemain, sans un sou en poche, j'ai cherché du travail. La petite annonce d'offre d'emploi parue dans *France Soir* promettait de bien gagner sa vie, d'être payé le soir même. Vendeur de sérigraphies en porte à porte. Justement, j'avais besoin d'argent, au jour le jour pour me loger, me payer un hôtel. J'y suis allé et l'on m'a recruté.

J'habitais un hôtel meublé derrière la place Clichy, à Paris. On écumait les banlieues. Des milliers de portes, d'agressions, d'insultes et parfois une gentillesse, miraculeuse.

Pendant un an, j'ai arpenté les rues de la banlieue, de la province en équipe de huit. On débarquait quelque part et le chef d'équipe nous déposait chacun à notre tour sur le terrain. Nous avions une heure pour écumer le secteur, porte après porte. Il nous reprenait à la fin de l'heure, on annonçait le nombre de tableaux vendus puis on allait un peu plus loin. Il y avait ainsi chaque jour sept ou huit rendez-vous entre 10 heures le matin et 20 heures le soir. Il fallait surtout s'arrêter à 20 heures, l'heure du journal télévisé car à partir de cette heure-là on se faisait carrément jeter. Ne pas perturber le Vingt-heures, c'était la règle. Certains vendeurs avaient des spécialités. Le pavillon de banlieue, qu'on appelait entre nous « le pav' », la résidence moyenne que l'on repérait à ses balcons en verre fumé, souvent difficile, les quartiers riches mais là c'était une clientèle spéciale et il fallait surtout vendre beaucoup plus cher sinon cela ne passait pas. Et puis, il y avait les HLM. Le plus facile. Les pauvres sont plus généreux, c'est bien connu. Mais, pour moi, cela ne me réussissait pas. La culpabilité, probablement. Je préférais taper les bourgeois. Cela me paraissait plus moral. Le baratin était bien rodé. On étudiait aux Beaux-Arts et, pour payer nos études, on vendait des sérigraphies, cinquante francs l'unité. On gagnait quinze francs par pièce vendue. Il fallait en vendre au moins une dizaine par jour pour s'en tirer. De temps en temps, on obtenait plus en présentant le prix comme un minimum. L'un d'entre nous était un spécialiste de la technique et vendait souvent très cher ses morceaux de carton, parfois trop.

Balade du colporteur

C'est la banlieue qu'on écume,
C'est la banlieue qu'on arpente,
Des portes qu'on sonne,
Des portes qui claquent.
Il y en a un qui a un pistolet
Fallait pas l'escroquer

Et l'autre avec un balai
Il vaut mieux se tirer
C'est la banlieue qu'on écume,
Y faut vendre, y a pas de danger
Y en a qui écument, qui fulminent,
Y en a qui écoutent, d'autres qui dépriment.
Et puis après, y a le soir,
Et il faut boire, il faut boire,
Pour oublier un peu,
Toutes ces misères qu'on traverse
Et qui prospèrent
C'est la banlieue qu'on écume,
Et qui nous épuise,
C'est son sang que l'on tire,
Et nous voilà sur le flanc,
De la banlieue, de son écume.

Une année terrible, pleine de rencontres et de tourments.

Des milliers de gens, d'intérieurs, de vies croisées, feuilletées, quelquefois partagées un très court instant. Quelques images. Un groupe d'immeubles, un samedi matin ensoleillé, qui respirait la tranquillité des habitudes, de la détente du week-end. Une petite résidence d'immeubles de deux ou trois étages autour d'une place qui servait à la fois d'espace vert et de parking comme on en voit dans les banlieues pour classes moyennes. De la musique dans les étages ; un appartement ouvert sur un balcon. Quelqu'un chantait. Un moment de quiétude, d'apaisement. Villeneuve-Saint-Georges. Des immeubles photographiés sous la neige, un soir, éclairé par des lampadaires. Il n'était pas très tard mais c'était l'hiver et la nuit était déjà tombée. Un très grand sentiment de solitude blanche, sous les lampadaires, en marge de la vie des autres, les normaux. Un mercredi, des enfants faisaient des gâteaux. Ailleurs, une préadolescente avait mis un peu de temps à m'ouvrir, presque nue, comme si elle avait voulu s'autoriser une audace. Pendant tout l'entretien, elle s'inquiétait de sa tenue, mesurant subitement le risque. L'agressivité était fréquente de la part de personnes trop sollicitées, sur la défensive dans leurs appartements, tendues dans la préservation de leur sécurité. Ils interrogeaient derrière les portes, regardaient au travers de l'œilleton, entrouvraient et parfois ouvraient vraiment leur porte. Il y avait beaucoup de peur, d'insultes, de portes claquées. Il y avait aussi la bonté de ceux qui achètent sans être dupes du boniment qu'on leur sert, de la valeur de ce qu'on leur vend. La générosité de ceux qui vont jusqu'à vous accueillir, vous offrir à dîner. C'était curieux de rencontrer autant de personnes chaque jour et d'être aussi seul. Tellement seul que l'alcool et la tournée des bars permettaient le soir venu d'attendre le jour suivant, de dépenser l'argent du jour, pour le lendemain, arriver à nouveau sans un sou sur le terrain de manière à trouver dans la survie et la faim l'énergie et la motivation pour vendre. Notre chef d'équipe en avait fait une règle, presque une morale. Chaque soir, il incitait ses vendeurs à boire l'argent gagné dans la journée. Le chocolat chaud, l'hiver au bar, en face de l'agence. Les chaussures trouées, les pieds mouillés dans les flaques où clapotait l'eau. C'est probablement par là que j'ai attrapé ma seconde tuberculose, dans une flaque. Le premier jour pourtant, j'étais heureux de l'impression de liberté que j'avais eue dans le camion, avec les autres. Nous n'avions ni à pointer, ni à supporter l'ambiance des bureaux ou les contraintes d'un chantier pour des salaires de misère. Nous serions bien payés si nous nous en donnions la peine. C'était le discours du chef d'équipe pour nous mobiliser. Et le discours me plaisait. Un leurre bien sûr, et la dépendance dans laquelle j'allais m'installer fut plus perverse, morbide et destructrice. Mon corps y a laissé plus de vingt kilos. Les fêtes, les boîtes. Les bars. Le whisky. Triste. Mais indispensable. Au bout de quelques mois, j'avais compris que mes compagnons d'infortune étaient également en rupture. Les histoires étaient les mêmes, des disparitions, des abandons, des perditions, des solitudes en souffrance et des tentatives de survie maladroites, inadaptées.

Il y eut cette visite jamais oubliée, dans un appartement modeste et chaleureux, où un jeune couple s'occupait de son enfant. Je ne me suis pas méfié. Tout respirait l'amour dans cet appartement. La phrase du poète m'est revenue. « Là, tout n'est qu'ordre et beauté, luxe, calme et volupté. » C'était un soir, dernière série de la journée des démarchages que distribuait le chef d'équipe. J'étais fatigué. J'ai sonné, au rez-de-chaussée d'un petit immeuble. C'est une femme qui m'a ouvert. J'ai fait mon laïus habituel. J'étudiais aux Beaux-Arts. Il me fallait financer mes études et pour cela je vendais le résultat de mon travail, des sérigraphies. Elle m'a laissé entrer comme s'il s'agissait d'une chose évidente et naturelle. Son mari était là également, avec un bébé dans les bras. Ils étaient tous les deux au milieu du séjour. Un peu plus loin, dans le salon, il y avait le berceau. Il faisait chaud, ce qui contrastait avec le froid et la pluie au dehors. Ils ont choisi un, deux puis trois dessins et n'ont pas discuté le prix. La transaction n'a duré que quelques minutes. Je suis ressorti. J'ai changé de cage d'escalier et, tout d'un coup, je me suis effondré en pleurs. Le bonheur de ce couple était totalement insupportable. La chaleur. L'enfant que l'on serre contre soi. La simplicité et surtout la chaleur, enveloppante, douce. Ma solitude et mon angoisse n'en étaient que plus fortes. Je n'aurais jamais pensé qu'un bonheur simple, la chaleur humaine, la tendre douceur d'un foyer pourraient provoquer en moi autant de douleur. J'ai mis vingt ans pour comprendre ce qui s'était passé, pour mesurer que, pendant ces quelques minutes, mon enfance m'était revenue. Une enfance ni simple, ni chaleureuse. Une enfance de chambre froide, de dehors sec, de solitude. Une enfance sans tendresse, tenaillée par la peur, l'angoisse. Une enfance sale, revenue dans cet appartement si calme, si propre et bien rangé. Une enfance de désordre, de violence. Une enfance du manque. Là-bas, il n'y eut aucune volupté, jamais de calme, de repos.

Berceuse pour l'enfant

Dans le silence
Et dans le vent,
Du calme
Et des tourments,
Quand l'angoisse est apaisée,
Qu'il n'y a plus de points aux côtés,
Dans le silence
Et dans le vent,
Que la caresse,
Pour un enfant,

Que l'on berce
Que l'on prend,
Pour un enfant qui dort,
Qui n'est pas mort,
Dans la caresse et dans le vent,
C'est un enfant, un enfant vivant.

Il arrivait souvent que pendant la journée les ventes n'aient pas été bonnes, surtout vers la fin. Trop de fatigue, de lassitude et la maladie qui avait commencé secrètement de me ronger, de m'affaiblir. Le soir j'allais à Pigalle pour tenter de vendre mes dessins ici et là. C'est un autre vendeur qui m'en avait parlé. Il le faisait quelquefois. Pigalle était alors un monde à part, plein de lumières, de promesses obscures, de menaces aussi.

J'entrais dans les bars. J'essayais de vendre mes dessins aux prostituées. J'avais été frappé par la réaction de deux d'entre elles. Elles étaient au bar quand je suis entré. J'ai commencé mon baratin. Les Beaux-Arts. La nécessité de payer des études. Elles ont pris le portrait d'un enfant à la sanguine. Un court instant le dessin ouvrait dans leur vie, dans l'attente du client, une brèche sur une autre vie, un enfant. J'étais moi-même étonné à l'idée qu'elles puissent acheter quoi que ce soit. Elles n'ont finalement rien acheté, mais il y avait tant de regrets et probablement de désespoir dans ce moment. L'une d'elles m'avait dit : « Viens quand je suis avec un client. Il paiera. »

Malgré ces instants où, parfois, les désespoirs affleuraient, j'aimais ces sorties nocturnes. J'y croisais un monde parallèle. J'ai ainsi failli devenir acteur. L'homme m'avait abordé place Pigalle, à la sortie du métro. Il me proposait de tourner des films, des films à caractère pornographique, évidemment. Au fond de moi, j'étais tenté mais j'ai décliné l'invitation. L'idée de me retrouver nu devant plusieurs personnes m'a bloqué. Il a senti que j'hésitais, a insisté, m'a rassuré. Ce ne serait pas difficile. J'ai dit non plus fermement et il est parti. Je me dis aujourd'hui que ma vie aurait pu basculer en bien ou en mal, qui sait ? Peut-être serais-je aujourd'hui artiste de cinéma ou bien prostitué sur le retour ? Proxénète ? Mon père l'avait été, paraît-il. Ma mère le disait. Il avait fait de la prison pour cela. Une autre fois, à l'entrée d'une boîte de nuit, un rabatteur qui m'avait vu faire l'article dans un bar m'a proposé de m'embaucher. Il s'était dit tout naturellement que je pourrais faire la même chose pour lui. J'ai hésité. Il proposait trois cents francs par nuit, ce qui était très bien payé pour l'époque. L'espace d'un instant, je me suis vu passer de l'autre côté, celui de la déviance, de la délinquance, de l'échec. Je me suis souvenu de ce que disait mon père. Qu'il ne fallait pas dépasser les limites, franchir la ligne jaune. Pourquoi disait-il cela, lui qui l'avait franchie si souvent ? Je m'étais promis de ne pas lui ressembler, d'être le contraire de lui, qui était un faignant, un raté. Je le proclamais haut et fort à mes camarades au collège. Comment pouvaient-ils comprendre cela ?

Chapitre 9

Tribunal de grande instance de Beauvais, 12 h 30.

Il y avait plus d'une heure maintenant que j'avais commencé. Mais le temps ne comptait pas.

Par les fenêtres, passait une lumière plus vive, maintenant. Une éclaircie. J'avais posé un pied sur l'autre pour me reposer un peu, comme font les cigognes pour dormir la nuit. Mais je ne dormais pas, je parlais. Je m'appuyais davantage sur la balustrade. Je regrettais de n'avoir pas écrit tout cela. Pourrai-je aller au bout, leur dire ?

À la fin de l'enterrement de la tante Geneviève, celle qui avait réussi, mes frères m'en avaient parlé : ils iraient au procès s'il le fallait. Ils la feraient condamner pour indignité, c'était le terme, je crois, et ils ne paieraient pas pour *Elle.*

La tante Geneviève était une figure familiale. C'était la sœur aînée de ma mère. Ils étaient onze frères et sœurs, eux aussi. Le malheur à répétition. Travailleuse inlassable, elle était douée d'une volonté et d'une énergie que rien ne semblait pouvoir arrêter ou ralentir, si ce n'était la fêlure, la douleur de l'enfance moche, le poison de l'origine.

Son père n'était autre que son grand-père, née d'un inceste familial, ce qui est un pléonasme mais qui traduit bien une tradition familiale sexuellement désordonnée. Anomie, disent les spécialistes. Sa conception de la vie était à l'image de ce qu'elle avait vécu. Elle disait toujours : « La vie est un grand bol de merde dont il faut avaler une cuillérée chaque jour. »

Un jour de fête patronale au village, elle était venue avec sa belle 304 Peugeot grise neuve. Elle a tourné autour du grand arbre de la place du village. L'arbre creux rempli de ciment pour qu'il ne tombe pas. Tourner autour. La vie comme un grand manège. *« In girum imus nocte et consumimur igni »,* « Nous tournons en rond dans la nuit et sommes consumés par le feu », dirait Guy Debord. Tourner pour montrer son automobile, sa réussite et oublier la douleur, jusqu'aux os, douleur en plaques, sclérose complète, autour de l'arbre de la liberté planté il y a longtemps. L'ironie de la situation lui échappait, elle qui était habitée, rigidifiée, année après année par sa douleur de vivre.

C'est dans cette voiture que je l'ai accompagnée, le jour de la mort de son père, mon grand-père, alcoolique chronique. Elle pleurait son père qui n'était pas son père et m'expliquait pourquoi elle croyait en Dieu. J'étais enfant. Je ne l'ai pas contrariée mais même ses pleurs ne m'ont pas convaincu. Comment aurais-je pu croire à son Dieu ? J'avais trop conscience du malheur pour lui pardonner d'exister ou d'être absent, ce qui n'est guère mieux. Dans tous les cas, le malheur reste un manquement. Elle s'accrochait à son explication, à son Dieu qui lui évitait d'assumer la révolte. Elle avait choisi l'intégration sociale appliquée, consciencieuse. Elle ne pouvait se permettre le doute et encore moins une révolte destructrice. Mais peut-être s'agissait-il simplement pour elle de donner un sens à l'événement ?

Elle a insisté pour que je l'accompagne, que je vois une dernière fois son père. Je ne voulais pas y aller. Peur de la mort, de voir le cadavre. Elle disait que ce serait la dernière fois. Il était là, sur son lit de mort. Le voir ainsi a provoqué en moi une véritable peur panique. Son teint jaune et son visage immobile. Lui aussi n'était qu'une souffrance, torture intérieure noyée dans l'alcool, morceau de viande imbibée. Il est mort logiquement d'une cirrhose du foie, mangé de l'intérieur. Les corps familiaux sont torturés et souffrants. Corps de misère, corps sans tendresse, abîmés, vains, seuls. Vieux. Des nœuds dans leur poitrine les mangent, les abîment, les disloquent. Loques. Corps sclérosés, corps secoués, corps avinés, corps dépossédés. Pour une fois mon grand-père était silencieux. Il ne hurlait pas après ma grand-mère parce qu'elle avait mis de l'eau dans la sixième bouteille de vin de la journée pour qu'il en boive moins. Il était silencieux, ce qui lui donnait, au-delà de ma peur, une dignité que je ne lui avais jamais connue. Sauf peut-être sur cette photo que vénère ma mère où il est à cheval, en habits militaires. Un rare moment où il était debout dans une vie effondrée, avachie dans l'alcool, le renoncement et le laisser-aller. La chute permanente, fixe. Geneviève perdait son père qui n'était pas son père, fille de l'inceste.

Pas étonnant si son père buvait. Savait-il ? Née d'une génération où l'on ne parlait pas de ces choses-là mais où l'inceste était une éventualité, une possibilité. Son grand-père avait la réputation d'un coureur. De là à abuser de sa propre fille, la distance n'est pas si grande. Ma mère dit qu'elle a été franchie. La mère de Geneviève était ainsi à la fois sa mère et sa sœur.

À l'enterrement de ma tante Geneviève, il y avait aussi Marcel, un autre frère, un autre oncle. De voir cet oncle si petit, si chétif à la sortie de l'église, je n'ai pu m'empêcher de penser au tout petit enfant qu'il avait dû être. Il n'était que souffrance un peu apaisée, anesthésiée par du mauvais vin, lui aussi, jeté là dans le grand naufrage familial dont finalement aucun ou presque n'a pu réchappé. On avait du mal en le voyant là à imaginer les caresses et l'amour de sa mère probablement trop occupée ailleurs pour l'aimer. Il m'a fait penser lui aussi à un morceau de viande rouge, toujours la viande, la douleur à vif partout, insupportable et en même temps le regard éteint. Les hommes de la famille sont comme ça, bons comme leur père. Bons pour être victimes. Démunis de tout et surtout de la force de faire face.

Après l'enterrement, mon oncle avait prévu d'offrir à boire, comme cela se fait toujours à la campagne. Je ne l'avais pas revu depuis plusieurs années. C'est lui qui disait que je ne devais pas étudier, que cela ne menait à rien. Étudier. Devenir avocat. À quoi cela aurait-il pu me servir, à plaider pour les chiens écrasés ? Mieux valait devenir technicien et dépanner des téléviseurs avec lui qui en vendait, précisément. Je lui en veux encore de n'avoir pas cru en moi. Pour cela, mais surtout de n'avoir pas aimé sa femme, ma tante, qui en avait tant besoin. Il l'a laissé mourir, seule face à sa maladie, à sa souffrance, sans même un mot, une présence. Seule dans la mort comme elle l'avait été dans la vie.

À la table, il y avait mes frères. Étais-je au courant, pour la lettre ? M'avait-elle écrit aussi ? Ils étaient furieux. Hors de question de payer pour elle. Après tout ce qu'ils avaient supporté, subi, maintenant il fallait en plus payer. C'était inadmissible. C'est ainsi qu'a germé l'idée. Pourquoi ne pas invoquer l'indignité ? C'était le seul cas où le juge acceptait de ne pas appliquer la loi, où les enfants pouvaient être dispensés de payer.

Chapitre 10

J'étais un enfant frigo et je ne supportais pas le froid.

Cela a commencé par de la toux. Une simple toux, irritante, gênante, surtout pour parler, convaincre, vendre. J'ai acheté un sirop en pharmacie. J'en prenais deux ou trois fois par jour. Mais la toux est restée et s'est faite insistante. C'était l'automne et il pleuvait tous les jours ou presque. Pluies d'automne, flaques des trottoirs. Mes chaussures étaient percées. Pas d'argent pour les changer. J'avais constamment les pieds mouillés qui clapotaient dans mes chaussures. Chaque jour, je toussais davantage et chaque jour, le sirop faisait moins d'effet. Du coup, j'achetais plusieurs bouteilles à la fois, celui qui contenait de la morphine, qu'un copain m'avait conseillé. À chaque porte nouvelle, il y avait le rituel. Je toussais, je prenais une gorgée et je sonnais ou frappais selon les cas. Mais c'était plutôt moi qui étais sonné, drogué. On ouvrait, pas toujours. J'argumentais, toujours. Question de survie.

Mais vers la fin, plus rien n'y faisait. Je ne pouvais plus parler sans qu'une quinte de toux ne me prenne, ne me secoue. Je ne vendais plus rien. Je n'avais plus d'argent. J'ai quitté l'hôtel une nuit avec un sac, sans payer, et je suis rentré à Châlons-sur-Marne, chez ma mère. Où aller sinon ?

Elle m'a accueilli. Pas pour trop longtemps. À cause de l'argent. *Elle* ne voulait pas m'entretenir. Comme je toussais beaucoup, des nuits entières à tousser, sans pouvoir dormir, le voisin de l'appartement du dessus est venu la voir. Il travaillait à l'hôpital de la ville comme infirmier et il s'inquiétait d'entendre depuis plusieurs nuits, à l'étage en dessous, la toux violente. Il a dit à ma mère que je ne pouvais pas rester comme cela, que je devais me soigner, voir un médecin. J'ai finalement accepté d'y aller. Le médecin m'a ausculté. Il a fait des radios et, à la fin de l'entretien, il m'a annoncé que je devais être hospitalisé d'urgence. La tuberculose. Les poumons étaient pris. Mais d'autres organes étaient probablement touchés. Curieuse sensation. J'étais à la fois assommé et soulagé. Ça n'était pas le cancer. Il faut dire que j'allais mal depuis des mois et je le savais.

Dans les derniers jours, je pesais moins de cinquante kilos pour presque un mètre quatre-vingt. Certains passants qui me croisaient se retournaient sur mon passage. J'étais décharné, blanc, cadavérique et les toux violentes me laissaient sans le souffle, épuisé. J'ai été hospitalisé le jour même et mis en chambre d'isolement pendant un mois, parce que j'étais très contagieux. Je commençais à toucher le fond. Je le croyais en tout cas. Dans ma chambre, un vieil homme est mort au bout de quelques jours, de la maladie. Tuberculose de vieux. Ses veines ne supportaient plus les injections. La maladie a eu raison de lui. Mais j'étais plus jeune et, malgré mon état, j'étais décidé à réagir.

Le médecin avait dit que la maladie se soignait bien. Il existait de nouveaux médicaments. Beaucoup de progrès avaient été faits depuis les années 1960 – date de ma première tuberculose ; j'avais un an et cela avait duré deux ans. Mais surtout, il fallait garder le moral et bien s'alimenter. Donc, je m'alimentais et je mangeais, le plus possible, jusqu'à en vomir, ce qui m'a un peu calmé. J'ai mangé avec plus de précautions, mais j'ai continué à réagir, à me battre, sans vraiment savoir pourquoi. Le séjour à l'hôpital a duré trois mois.

J'avais du temps. Alors, j'ai décidé de lire des ouvrages de psychologie. Pourquoi de la psychologie ? C'était une idée d'autant plus absurde qu'à dix-neuf ans, je n'avais encore jamais lu de livres. Je m'étais contenté des extraits commentés du livre de classe de français que l'on m'imposait au collège.

Mon frère, qui venait me voir tous les jours, m'apportait des livres. Des livres de vulgarisation. Des petits livres verts édités par Bordas qui abordaient toutes sortes de questions. C'était une collection achetée par correspondance, résultat d'un coupon à découper, d'une promotion, et probablement jamais payée comme toujours. Il y en avait un sur la psychologie.

J'étais persuadé qu'en m'intéressant à la psychologie, je pourrais devenir un vendeur hors pair. Être hors pair, jolie expression, qui m'a beaucoup mobilisé. Le chef d'équipe qui m'avait formé au porte-à-porte, la première semaine, me l'avait dit, la vente, c'est une question de psychologie.

J'ai lu le livre. Il y était beaucoup question de Sigmund Freud. J'ai donc décidé de lire les œuvres de Freud. Mon frère faisait des allers et retours à la bibliothèque municipale de la ville. Comme il ne connaissait pas la psychologie, il demandait à la bibliothécaire, qui le conseillait. Il me rapportait ce qu'il trouvait.

Au début, cela a été difficile. Le temps ne manquait pas mais j'avais du mal à me concentrer. Toutes ces lectures me donnaient une sensation curieuse, étrange, *Cinq Leçons de psychanalyse, Psychopathologie de la vie quotidienne, L'Interprétation des rêves, Totem et Tabou.* Je ne comprenais pas tout ce que je lisais et pourtant tout me parlait de moi. Quelque chose avait commencé en moi sans que je le sache. Quelque chose qui a duré vingt-cinq ans.

Après ces trois mois de lecture, d'isolement dans ma chambre d'hôpital, je n'étais pas guéri. Simplement, je n'étais plus contagieux et j'ai pu sortir, pour un week-end. Il y avait déjà plusieurs semaines que j'attendais avec impatience la visite du médecin chef du service, le vendredi matin. C'était le jour où les permissions étaient accordées à ceux dont l'état permettait qu'ils rentrent le week-end dans leur famille, pour qu'ils gardent suffisamment le moral pour lutter contre la maladie. Depuis plusieurs vendredi, le médecin refusait. Trop tôt. Mais cette fois, ce fut la bonne. Je pouvais m'habiller, sortir. Je me souviens très bien de la sensation de l'air froid au-dehors. J'étais très faible, mais je n'ai pas pris le bus qui assurait la liaison entre l'hôpital et le centre-ville. J'ai marché longtemps, car je ne progressais pas très vite, jusqu'à l'appartement qu'occupait ma mère avec son nouvel ami. J'ai compris à ce moment-là ce que peut ressentir le prisonnier à sa sortie. La liberté de se mouvoir, de se déplacer, l'air, la respiration. La liberté prend un sens physique.

Après ce séjour entre soins et lecture, je suis parti en sanatorium. Un mot d'un autre âge, qu'on imagine dans un roman du XIXe siècle avec un bel homme frappé dans la force de l'âge mourant dans les bras de sa belle. Le visage blanc et diaphane. J'étais si faible en arrivant à la montagne, sur le plateau d'Assy, même après trois mois d'hôpital, que j'ai dû rester une semaine dans ma chambre avant d'être autorisé à affronter l'air du dehors. Ma chambre donnait directement sur le mont Blanc. On m'apportait les repas dans ma chambre sur un plateau. Le plat chaud était servi sous un couvercle en inox pour que cela ne refroidisse pas. J'avais presque une sensation de luxe après des mois passés dehors tous les jours, les pieds dans l'eau et la toux à l'estomac.

Le sanatorium était peuplé de gens avec des histoires diverses, déstructurées. L'un de mes collègues avait attrapé sa tuberculose pendant qu'il effectuait une peine de prison. Il se droguait aussi, à l'héroïne. Il était très chaleureux avec moi, très sympathique, mais incontrôlable. Dès qu'il s'agissait de drogue, il mentait. Il jurait qu'il avait arrêté mais il mentait, et il fallait le surveiller pour qu'il ne nous embarque pas dans ses histoires et je ne voulais être mêlé à aucune d'elles. Nous étions quatre ou cinq plus jeunes dans l'établissement et nous étions souvent ensemble.

Je partageais une chambre avec un autre malade qui avait le même âge que moi. Lui aussi était en convalescence. Quelques mois plus tôt, il avait été condamné à trois ans de prison avec sursis. Il tournait en rond comme un lion en cage. Malgré la maladie, il bouillonnait, voulait s'amuser. Un soir, il a décidé de faire une virée pour se divertir, s'évader un peu. Il se proposait de voler une voiture que l'on remettrait à sa place après notre sortie. Promis. Un simple emprunt. J'ai dit non. Il m'a traité de dégonflé. J'ai redit non. Il a insisté et je n'ai pas cédé. Je préférais être un dégonflé. Avec une condamnation, un sursis sur la tête, trois ans, se rendait-il compte des risques qu'il prenait ? Comme j'ai refusé, il est parti seul, a volé la voiture sans difficulté sur le parking de la résidence, en face du sanatorium. Mais en débranchant les fils pour faire contact, il a débranché l'alimentation électrique des phares. Plus de lumières. Il est parti quand même. Pour rouler en montagne sans lumières, il a attendu et suivi une autre voiture qui lui ouvrait la route de ses phares. Au bout d'un moment, la voiture qu'il suivait a accéléré. Il allait la perdre et ne pouvait plus voir la route. Il a donc accéléré aussi et réussi à la rattraper, apercevant, devant, un peu plus loin, les feux arrière du véhicule. Mais à cet endroit, la route était légèrement courbée, ce qu'il ne pouvait voir dans le noir. La voiture a pris le talus et s'est retournée sur le toit. Il est revenu à pied dans la nuit, est passé par l'infirmerie où l'infirmière l'a soigné. Le lendemain, les gendarmes sont venus pour interroger, recueillir des témoignages. Une enquête de routine. Ils avaient retrouvé l'écharpe et cherchaient à identifier son propriétaire. Ils ont interrogé l'infirmière qui l'a couvert et a dit qu'elle n'était au courant de rien. Il s'en est sorti à bon compte cette fois ; avec ses trois ans de sursis, il replongeait bel et bien. J'en ai profité pour enfoncer le clou. J'étais peut-être un dégonflé, mais j'avais eu raison. Sa vie aurait pu de nouveau basculer. Je crois que la leçon lui a servi.

Sur le plateau, il y avait aussi le centre anticancéreux.

Un ancien sanatorium reconverti à la nouvelle maladie. Un grand bâtiment installé un peu plus haut dans la montagne. Ils arrivaient une fois par semaine par le car venu de la vallée, Sallanches-Saint-Gervais. Le car s'arrêtait sur la place du village et ils étaient quelques-uns à descendre. On les attendait pour les accompagner. C'est normal. Pour monter là, il faut être accompagné. Quelqu'un qui vous prête son bras. C'est comme cela que je l'ai vue arriver. Très grande, très élancée. Son visage était très fin. Très beau. Je l'ai revue un soir en boîte de nuit. Elle dansait avec sa cagoule noire. Drôle de tenue. Drôle de danse.

À moi mes frères, à moi mes sœurs.
Écrit au bord des larmes,
Écrit au fond des yeux
Dans un port
Un vague à l'âme
Dans une main un péché ancien
Écrit au bord des larmes,
Écrit au fond des yeux.

Elle ne m'a pas regardé. Elle a dansé et ce n'était pas la danse de la vie. Elle a dansé, elle a tourné, belle dans sa mort à l'œuvre.

Je ne l'ai plus revue. Curieuse destinée. Elle était accompagnée. Elle est morte peut-être. Elle ne m'a pas regardé. Nous ne nous sommes pas parlé. Cela ne me regarde plus.

On les voyait arriver par le car. On ne les revoyait plus.

Comme nous étions malades, un peu reclus, nous cherchions à nous évader. Fréquemment le soir, nous faisions le mur soit par la sortie de secours qui donnait dans ma chambre, soit un peu plus tard à travers le chantier d'extension du sanatorium. Nous allions à la boîte de nuit du coin qui pratiquait des prix spéciaux pour assignés à résidence. Nous nous défoulions une partie de la nuit, essayant de secouer un peu notre solitude sur des rythmes de guitare rock et des percussions d'oubli.

Après presque une année passée entre l'hôpital et le sanatorium, j'étais guéri ou presque et je pouvais sortir.

Je suis rentré à Paris. Je suis retourné chez mon oncle et ma tante, ceux qui m'avaient recueilli à quinze ans.

Je vivais avec ceux qui m'avaient accompagné. Mon oncle avait continué de développer son entreprise, acheté une maison qu'il avait fait agrandir. Les travaux s'éternisaient et il avait besoin d'un peintre qui achève les finitions. L'idéal pour moi, pour me refaire une santé en refaisant une maison, pour me reconstruire.

Alors, j'ai peint, travaillé, travaillé. J'étais encore un peu faible. Ma tuberculose était terminée mais pas totalement guérie. Les calcifications sur les poumons sont longues à cicatriser et j'étais toujours sous traitement.

Il y eut un nouveau marché, du travail à l'avance. J'ai donc continué. Puis, il s'est passé quelque chose d'inattendu. La crise avec lui, avec elle. Comment est-ce arrivé ? Il était devenu jaloux. Quelques-uns dans le quartier disaient qu'on faisait ménage à trois, que j'étais l'amant de ma tante. L'idée était choquante, incroyable pour moi. Rien de tout cela n'était vrai, mais tout s'est emballé. Était-ce la situation, était-ce une révélation pour elle ? Toujours est-il qu'elle a voulu divorcer. Il l'avait trompée et pas seulement avec des femmes. Il s'était moqué d'elle, avait trahi leur histoire. Elle qui l'avait épousé contre l'avis de sa famille d'origine bourgeoise, malgré la mésalliance, lui, le fils de pauvre, presque illettré. Elle qui avait fait de son mariage une profession de foi, presque un acte militant. Il avait trahi ce geste, cette conviction, ce dévouement. Mais elle s'était trompée elle-même aussi et lui en voulait d'autant plus.

Peu de temps après, comme si les insinuations avaient eu une vertu prophétique, je suis devenu l'amant de ma tante, celle qui m'avait recueilli, élevé un peu. À vingt ans, je devins le beau-père de mes cousins plus jeunes, mettant mes pas dans ceux de mon père. Comme lui, je me mettais à vivre avec une femme et ses trois enfants. Il y eut le divorce, l'affrontement, beaucoup de larmes et de dégâts. Sa vie à lui, la vie de quelqu'un qui a réussi en travaillant, qui s'est mis à son compte, est devenu patron, s'est défaite. Lui s'est défait aussi. La dérive, l'irresponsabilité, l'alcool et la mort au bout, en quelques mois. Nous formions un couple. Étrange situation qui a duré cinq ans. Un couple un peu incestueux, même si ce n'était ma tante que par alliance et aussi par adoption.

Des années troublantes, difficiles, étouffantes. Les journées de travail sur les chantiers où je m'épuisais à la tâche pour gagner le plus possible d'argent. Les heures passées dans les trains de banlieue, pour rejoindre les chantiers, en revenir, où l'on s'endort de fatigue. Le regard des voisins, de ma famille, sur une situation qui faisait scandale. Des années qui m'ont mûri aussi. Drôle de drame. Drôles de peines. Il y eut beaucoup d'erreurs, beaucoup d'injustices. Sa vie à elle avait déjà beaucoup donné dans le malheur. Son père qui l'avait lâchée lorsqu'elle avait trois ans. Crise cardiaque. Sa mère victime du mal du siècle, un cancer, alors qu'elle avait à peine vingt ans. Il avait fallu hâter le mariage.

Et moi, dans tout ça, j'étais la boule dans le jeu de quilles, et j'ai fait beaucoup de dégâts. Ce n'était pas nouveau, à force de vouloir toujours avancer, toujours m'en sortir, j'ai souvent fait des dégâts, comme les bulldozers dans les maisons en ruines. À la maison, dès l'âge de treize ans où je faisais bêtement régner la terreur sur mes frères et sœurs, avec la tuberculose ensuite et mon inconscience à distribuer la maladie, avec ma tante, mon oncle et sa famille. J'ai pris mes responsabilités pensais-je. Vertigineusement, bêtement. Il est resté beaucoup de ruines. Ces ruines auxquelles précisément j'essayais d'échapper, probablement pour oublier d'autres effondrements.

Avec tout ce désordre, ce désastre en gestation, l'aîné des trois enfants allait mal, évidemment. On a donc décidé d'aller voir un psychologue. C'était une femme d'une quarantaine d'années à l'allure bourgeoise. Elle a voulu savoir, comprendre. Et là, il m'a fallu raconter ma vie. Plusieurs années après la lecture des livres de Freud, j'ai compris que je ne pouvais pas avoir traversé tout cela indemne. Constat simple, dit en tremblant et en suant devant cette psychologue que j'étais revenu voir seul. C'est de cette façon qu'a commencé le travail. Je lui ai demandé de m'aider, de me recommander à un confrère, un homme de préférence car je sentais bien que je ne pouvais me raconter à une femme. Trop intime. Trop de peur. Je voulais une psychanalyse. Le psychiatre à qui elle m'avait adressé en me prévenant que ce serait difficile, de la boucherie disait-elle, n'a pas voulu. Je n'étais pas prêt. Plus tard peut-être. Pendant un an, je suis allé le voir pour lui parler sans jamais arriver à rien lui dire. Son cabinet était installé dans le 16e arrondissement de Paris. C'était un immeuble bourgeois en pierre de taille avec de grands balcons qui donnaient sur une courette. Aller voir ce psychologue des beaux quartiers me mettait mal à l'aise. Les entretiens avaient lieu en face à face, assis chacun dans un fauteuil. Parfois, je sentais couler l'eau sous mes bras, le long de mon corps, comme si j'avais été sous la douche. Je le lui disais. C'est votre corps qui s'exprime à votre place, disait-il. Mais moi j'étais sec et je ne comprenais pas. Il a fallu des années avant que l'eau ne passe plus que par les yeux et que je puisse m'exprimer à la place de mon corps. Puis, il est parti, a accepté une promotion dans une clinique de province et m'a abandonné. J'ai continué seul à travailler, étudier, chercher un chemin, obstinément. J'ai suivi des cours du soir de décoration. Deux fois par semaine, je m'essayais à réaliser des faux bois et des faux marbres. Je pensais ainsi faire des progrès dans le prolongement de ce que je savais déjà faire. Mais je n'y arrivais pas. Manque de conviction peut-être, d'intérêt, de force aussi. Ça ne m'intéressait pas.

Heureusement, l'entreprise de bâtiment pour laquelle je travaillais a connu des difficultés financières et été obligée de déposer le bilan. On m'a licencié. Un licenciement économique. Je revois encore le chef de chantier venir m'annoncer le dépôt de bilan. Il avait la mine de circonstance. Il tournait autour du pot. C'était une catastrophe. J'étais à genoux sur le sol en train de peindre des plinthes en laque noire chez le patron de l'entreprise justement. Cela faisait déjà deux semaines qu'on m'occupait ainsi. J'aurais dû comprendre. Il m'a annoncé la nouvelle. Dépôt de bilan, liquidation judiciaire. Des mots qu'on n'aime pas mais j'ai tout de suite compris que je tenais là une chance inespérée. Alors, pour qu'il ne voie pas ma réaction, j'ai tourné la tête. J'avais peur que du coup, il se sente dégagé de sa responsabilité que je ne puisse pas bénéficier des indemnités. Réaction curieuse. Culpabilité des petits pour qui même la réparation n'est pas méritée. J'ai fait le navré, l'abasourdi. Mais, pensez donc, une chance pareille. Douze mois d'indemnités. J'allais pouvoir étudier.

Pendant cinq ans, de périodes de chômage en travaux d'été sur les chantiers, j'ai étudié. D'abord, l'examen d'entrée à l'université. Pour moi qui n'avais qu'un CAP de peintre en bâtiment, la marche était un peu haute, donc j'ai cherché une formation en deux ans. Il fallait bien ça. Je l'ai trouvée à la Sorbonne. J'y suis allé pour les tests. Je m'étais préparé. J'avais fait pendant des jours des dictées ; le descriptif de la formation disait qu'il fallait une bonne orthographe. Quand je suis arrivé, rue Cujas, pour les tests, devant ce grand bâtiment, j'ai failli ne pas entrer. Non seulement le bâtiment était imposant, non seulement il s'agissait d'une université, mais de la toute première pour la réputation. La Sorbonne. Cette université-là n'était pas pour moi. Je suis passé devant la porte, j'ai regardé les lieux et j'ai continué mon chemin. Au deuxième passage, je suis entré. L'homme qui m'a accueilli, un homme corpulent avec des lunettes à montures fines, était professeur d'anglais. Il avait une bonne cinquantaine d'années. Il était bienveillant. Je l'ai senti. Il m'a mis à l'aise, questionné simplement. Il cherchait à vérifier ma motivation. Ma candidature a été retenue. Était-ce mon parcours ? Je n'y ai pas songé à l'époque mais je le crois maintenant. Il me suffisait sur les imprimés d'écrire la composition de la famille : onze frères et sœurs. Profession du père : sans. Profession de la mère : sans. La préparation a duré deux ans et j'ai été tout étonné d'être à la hauteur. On nous avait proposé de présenter l'examen en candidat libre dès la première année, pour faire une sorte d'examen blanc. J'étais persuadé de ne pas être prêt, pourtant, sur une impulsion, je me suis inscrit au tout dernier moment. Je n'avais rien à perdre et je l'ai eu. C'était inespéré. J'avais gagné un an. En retravaillant sur les chantiers pendant les mois d'été, je pourrais faire une première année à l'université en vivant grâce au reliquat de mes indemnités de chômage, ce qui d'ailleurs était interdit.

Dès la deuxième année, j'ai demandé à devenir surveillant dans un collège, pion. J'ai obtenu un poste sans difficulté, sur critères sociaux. Pour une fois mon passé était utile.

Chapitre 11

La lettre dit que tu as besoin d'argent.

C'est vrai.

C'est normal depuis que l'autre, ton compagnon, le dernier,

Après son accident, est devenu un légume.

Quel mauvais coup du sort et en plus c'est un légume qui ne fait plus bouillir la marmite.

Pourtant, celui-là, c'est pour ça que tu l'avais choisi.

Pas un cibiste comme les autres, à moins que ce ne fût une petite annonce.

Il était presque riche. Il gagnait bien sa vie,

Surtout grâce aux frais de déplacement

Même s'il ne se déplaçait pas.

Oh, bien sûr il était parfois un peu spécial,

Avec ses aquariums,

Se masturber devant des poissons,

On se demande quel effet cela peut faire.

Peut-être à cause de leurs mouvements de bouche évocateurs.

Mais je ne condamne pas, je ne juge pas. Il ne faisait de mal à personne, pas ces fois-là en tout cas.
Tu n'as jamais vraiment eu la main heureuse.
Bien sûr, c'était ta vie,
Mais tu sais, cette vie nouvelle nous a fait mal.
Plus encore qu'avant, avec notre père,
Et pourtant.

Le pire, c'est quand elles sont venues me voir,
Mes sœurs,
Il y a longtemps.
Vous alliez divorcer,
Notre père n'était pas notre père à tous.
Alléluia.
Tu avais des amants.
Notre père qui êtes aux cieux,
Donnez-nous notre amour quotidien.
Onze enfants, cinq pères,
Et maintenant le divorce.
Le ciel m'est tombé sur la tête.
Quelque chose s'est effondré en moi avec ce mot, divorce.
Aussi bizarre que cela puisse te paraître
Dans une famille aussi invraisemblable,
J'avais réussi à ne voir qu'une famille,
Pauvre peut-être, malheureuse certainement,
Mais une famille quand même, par-delà le bien et le mal, comme dit le poète.
J'ai compris dès cet instant la dérive.
Tout menaçait de sombrer.

Alors j'ai fait tout ce que j'ai pu pour t'aider, non pas parce que j'étais gentil, comme tu dis dans ton cahier, le cahier pour le juge. J'étais gentil parce que j'avais peur, d'un monde qui coule à pic, d'un glacier qui dérive.

J'ai travaillé autant que j'ai pu. Je me suis substitué à lui, le père absent. Autant que possible.

Faire les comptes, l'emmener travailler, faire régner la discipline à la maison, brutalement, souvent bêtement.

Il faisait les trois huit. Chaque matin, à 4 h 30, une semaine sur trois, il y avait le rituel. Tu venais me réveiller. Il fallait se lever. Je buvais un chocolat chaud dans le calme de la maison pendant que lui buvait son café. Ensuite, on se préparait. On ne se parlait pas dans le silence du matin. Lui prenait son sac à dos. Moi je m'emmitouflais. Je passais un gros passe-montagne de laine que tu avais tricoté. Le luxe de la chaleur sur le visage.

À 4 h 40, on partait sur la Mobylette. L'emmener, pour être sûr qu'il y aille bien, qu'il ne nous fasse pas faux bond. Il montait derrière, s'accrochait à moi comme peut le faire un enfant dans les bras de son père. Tout était inversé, mêlé. Les corps et les sentiments. J'étais fier de l'emmener au travail. Je l'accompagnais. J'avais honte aussi de le traîner ainsi.

Toi, tu ne voulais plus l'emmener.

Tu l'avais trop fait, trop porté.

Il ne conduisait pas, ne tenait pas sur un vélo. Alors, il fallait bien que quelqu'un le fasse. J'avais quatorze ans. Je pouvais conduire la Mobylette. Drôle de père, drôle de handicap sans handicap, déséquilibré au point de ne pas tenir sur un vélo, encore moins sur une Mobylette.

Au moins, cela avait l'avantage de me donner du temps tous les jours pour faire mes devoirs. Une vraie chance. De quoi prendre le goût de l'étude.

Souvent, je m'endormais sur un cahier. Comme les professeurs ne donnaient pas tant de travail à faire à la maison, j'errais dans le dictionnaire, dans de vieux magazines. Des rêveries matinales, mi-éveillé, mi-endormi, mêlant les lectures avec la fin des rêves de la nuit.

Et toi, pendant tout ce temps, tu rêvais d'une autre vie.

Tu voulais rattraper ta jeunesse perdue.

Toutes les semaines, tu allais au bal avec mes sœurs pour faire le concours des amants. Romantique à la chaîne. Vous aviez chacune un carnet pour les conquêtes, à qui en aurait le plus. Carnet de bal. Bal des amants.

La croyance un bref instant, dans la chaleur des corps, que tout est différent.

Mais il fallait bien se résigner, comment ton corps rendu flasque par une douzaine d'enfante-

ments aurait-il pu intéresser autre chose qu'une bite de passage,

Qu'un agriculteur en mal de variété ?

Comment aurait-il pu servir à autre chose qu'à monnayer un service, quand il n'y a rien d'autre à donner ?

Alors tu te donnais.

Et comment crois-tu que peut survivre à cela
Une âme d'enfant ?
Putain,
Sais-tu comme cela fait mal ?
Putain,
Y a-t-il un autre mot ?
Putain,
Pitié Dieu, aime-moi, sauve-moi.

Mais tu as raison, les enfants doivent nourrir leurs parents trop vieux, trop las, trop usés.

D'ailleurs, c'est la loi. Et puis, tu nous as bien nourris, toi. Bien sûr, tu as fait ce que tu as pu.

On était dans la panade. Et de la panade, tu en faisais souvent. C'est ainsi qu'elle s'appelait, de la soupe à la panade. De l'eau, un peu de lait et du pain que l'on fait tremper et qui cale l'estomac. Aller se coucher après cela, sans un baiser, sans une tendresse, avec quand même un peu de la chaleur de la soupe chaude au creux du ventre. Le pain, l'eau et le lait, je comprends. Il n'y avait rien d'autre, alors. Mais les caresses ! Y en a-t-il eu ? Je n'arrive pas à m'en souvenir. Une amnésie terrible.

À moins que ce ne soit volontaire, à l'intérieur de moi, pour ne plus ressentir le reste. Une fois pourtant, il y avait eu de la chaleur, et même des draps propres car le docteur venait. Nous étions trois ou quatre à avoir la fièvre, la rougeole. Alors, on a mis des draps propres dans chacun des trois lits. On était mal, on avait chaud et tu nous as embrassés sur le front. Tendre maladie.

Alors, évidemment, après tout cela,
Tu ne comprends pas notre entêtement,
Notre ingratitude,
Et encore moins la mienne. Celui en qui l'on a mis tant d'espoirs, qui est gentil, qui travaille bien à l'école, qui a réussi. Il serait normal que je verse un peu d'argent, juste un peu.
Mais je n'arrive à verser que des larmes,
Et ce ne sont pas des larmes d'argent.
Elles sont de sel, amères évidemment.
Tu ne comprends pas, ou tout juste tu commences.
Est-ce seulement supportable ?

C'est pour cela que je t'écris, pour que tu saches. Que tu prennes le temps de lire, de te révolter, et d'entendre un peu les souffrances du dedans, douces, lancinantes ; les miennes et peut-être aussi les tiennes mais je ne suis pas à même de les entendre.

Tu te souviens aussi, l'enfant,
L'enfant qui était venu chez nous,
Comme tu l'avais frappé
Un jour qu'il faisait des jérémiades
Et que tu avais mal aux dents.
L'enfant blanc qui racontait des histoires,
Des histoires de frigos.
Tu l'as frappé et frappé.
Si bien qu'à la fin,
Essoufflée, tu riais et jubilais presque
D'avoir oublié ton mal de dents.
Et l'enfant pleurait
Et depuis je ne souffre plus les pleurs d'enfants.
Cela m'esquinte du dedans
Pleurs d'un enfant
Qui mord la mort à pleines dents.

Il paraît que tu as écrit au juge pour fournir les preuves de notre indignité, des arguments pour que l'on paie pour toi.

Une revue de famille en somme, comme tu le faisais le matin avant d'aller à l'école.

Tu te souviens, chacun notre tour, en ligne, les nombreux, débarbouillés.

Un coup de peigne et un bonbon, à la chaîne, chacun notre tour. Évidemment, c'était une propreté un peu sommaire. Avec seulement une pompe sur l'évier et un puits dehors qui servait rarement, difficile de faire beaucoup mieux. Et puis la crasse tient chaud. Tu n'y peux rien.

Tu as fait ce que tu as pu, mais la saleté m'a détruit. Je n'arrive plus à me laver. À l'extérieur, je suis propre, présentable, presque beau mais à l'intérieur il y a la souillure, l'odeur aussi, prégnante dans toute la chambre froide. L'odeur du pot de chambre qu'il fallait aller vider, des excréments répandus sur le sol, de la souillure sur soi qui ne disparaît jamais. Tu nous lavais bien dans la cuvette bleue, celle où tu lavais mon père, où tu lavais le sang. Mais comment laver l'affront, la honte, l'injure, les insultes des autres ?

Au moins, tu n'étais pas comme lui, tu ne t'en lavais pas les mains, tu essayais de faire face. Tenir la barque. Éviter le naufrage. Survivre dans l'odeur et la promiscuité.

Alors, après avoir enduré tout cela pour nous, finir tes jours dans ta caravane, dans la même précarité, avec l'autre qui ne peut presque plus bouger, à peine parler. La nuit, son appareil respiratoire t'empêche même de dormir. Le sort s'acharne sur ta vie. Tes enfants, ceux que tu as élevés malgré tout, ceux que tu as portés malgré tout, ceux que tu as aimés, maladroite, indifférente, ne veulent pas payer. Ils se sont révoltés. Ils t'accusent. Mauvaise mère. Mère indigne.

Mais comment faire autrement ? Je le sais et je comprends mais je n'arrive pas à oublier, à payer, et eux encore moins.

Tu sais, j'ai lu ton histoire, celle que tu racontes dans ton cahier, le cahier pour le juge, au tribunal. Je ne savais pas tout ce que tu avais enduré avant. Je savais que cela avait été difficile pour toi aussi, sinon comment comprendre. Mais pas à ce point. Ce qui m'a fait le plus de mal, c'est ta fugue. Ton premier amour, avec l'enfant disparu. À douze ans, amoureuse d'un garçon du même âge. Penses-tu encore à lui quelquefois ? Une rencontre si brève. À cet âge, le bonheur est si vrai qu'il rachète tout. C'est réconfortant de penser que même quelques instants, même quelques jours, dans la fuite, main dans la main, il y a eu un espoir pour toi, un peu d'amour, d'avenir.

Étrange aussi ce goût des cahiers, d'écrire. Se confier à quelqu'un, quelque part. Chacun de nous a ses deux pages où tu as soigneusement résumé son existence, décrit son caractère. Curieuse habitude.

Tu vois, maman, figure-toi que je voudrais payer, être quitte, obtenir un solde de tout compte, mais je n'y arrive pas. Mon passé est bloqué en moi et n'autorise pas les effusions, les remboursements.

Je gagne bien ma vie maintenant, mais je ne peux pas payer.

Cela pourrait être simple, facile comme un virement permanent, et je n'y arrive pas.

Le viré permanent, c'était moi. J'étais comme lui, mon père, toujours là, toujours absent au bout de la table, abandonné pour l'éternité dans des pensées d'oubli,

Des pensées de seul.

Perdu depuis toujours, depuis la trahison du 14 juillet, dans l'église froide, frigo de Dieu, lorsque vous m'avez laissé pour la deuxième fois, seul dans mon sanatorium d'abandon. Je n'avais pas deux ans.

J'arrive à peine à t'écrire.

Te parler, il n'en est pas question. On a vécu ensemble de si longues années et j'ai oublié que l'on pouvait se parler, s'embrasser peut-être, tendresse à l'abandon.

Alors, je t'écris. Je t'écris une lettre, une lettre longue et difficile, pour que tu comprennes, pour qu'ils comprennent.

C'était la seule solution.

Je lui ai écrit aussi.

Mon père. Mon papa.

Mots encore plus difficiles. Jamais prononcés.

Plus loin encore,

Incongrus.

Imprononçables.

Mortels presque.

Perdus pour toujours. Il est trop tard.

Il faut aussi que je paie pour lui. L'obligation alimentaire. C'est la loi, la même d'ailleurs. Mais je n'ai pas la force de faire un autre procès.

Je vais payer

Mais je ne peux pas.

Chapitre 12

Tribunal de grande instance de Beauvais, 12 h 30.

Il est plus de midi au tribunal. L'audience a commencé depuis plus de deux heures. Il y a eu des mots, beaucoup de mots, et le flot qui ne s'arrêtait pas. D'où sortent tous ces mots, tous ces souvenirs ?

Depuis un moment, il y a un peu de monde dans la salle, des curieux peut-être. Les protagonistes de l'affaire suivante probablement. L'huissier heureux, qui ne ressemble pas à un huissier gardien des vérités et des comptes rendus, est plus sombre maintenant.

La présidente écoute toujours, presque immobile. De temps en temps, un regard, un signe de la tête pour m'encourager à poursuivre. À côté d'elle, la vice-présidente à tête d'aigle me regarde. Elle est presque douce maintenant. Son regard s'est fait plus humain, compatissant.

Miséricordieux. Elle se tient un peu moins droite aussi. Peut-être un peu affaissée, par la fatigue, par la tristesse. Le procès se poursuit. Des arguments, des témoignages, des pièces au dossier, un gros dossier.

Quand j'ai vu les feuilles précieusement conservées par ma mère, cela m'a fait un choc. Tout avait été détruit, m'avait-on dit. Mais pas ces quelques feuillets rescapés d'un agenda à petits carreaux. Quelques feuilles seulement, recouvertes d'une écriture élégante, fine. Le compte rendu. Le compte rendu indécent d'un suicide. Compte rendu ostensible, démonstratif, scandaleux presque et raté d'un suicide raté, comme les autres, évidemment. Sa manière à lui de supporter la douleur dans l'excès, d'appeler au secours en donnant dans le grotesque. Je savais que mon père avait écrit longuement sur son passé dans des cahiers. Son psychiatre l'y encourageait. Cela ne pouvait que lui faire du bien. J'aurais aimé les obtenir. Je lui ai demandé un jour de les lire. Tout a disparu. Détruit. Peur de la vérité, peur de ses mensonges. Il a tout détruit. C'était mieux ainsi. Trop de drames. Alors, quand j'ai vu ces pages, échappées à la destruction, témoins de la douleur couchée sur le papier de son écriture élégante comme pour racheter la douleur par la régularité des courbes... Souvenir des pleins et des déliés de sa vie. Quand j'ai vu le cahier, j'ai compris et la peur est revenue.

Le 9 juin 1978 à midi.
Il a écrit.

Commencé à prendre la 1re dose.
La phrase est rayée dans son journal.

Je crois réussir une belle mort. Je ne regrette rien.
Souligné.

Ma femme et les enfants vont être contents. Il n'y aura plus d'empêcheur de danser en rond.
La danse, toujours la danse. Danser était pour ma mère, mes sœurs, une manière de contourner le malheur, l'étourdir un peu. La seule manière de s'échapper. Mais il n'a pas compris.

À une heure moins dix.
Je viens de détruire mon journal.
Si le principe est un coagulant cela peut être long.

Il a écrit en plus petit au travers du bas de la page :
Je souhaite, si vraiment il y a une justice divine, que les salauds qui m'ont amené là souffrent autant et longtemps.

Mais qui sont ces salauds ? Ses parents, l'armée, nous ? Y en a-t-il eu d'autres ? Pour en arriver là, il fallait des circonstances, aggravantes au moins. Pauvre père ! Pauvre papa ! Désespéré dans la solitude du suicide, d'une vie qui ne tourne pas rond. Il ne tournait pas rond à se suicider comme cela. Peut-être est-ce pour cela qu'il n'aimait pas la danse. Sauf quand il nous en mettait une, et là, ça swinguait. Croyait-il à ce qu'il écrivait ?

Midi.

Première dose prise.

Midi et quart.

Deuxième dose.

Midi et demi.

Trouble de la vue – je pense très fort à ma femme et aux petits.

Une heure moins le quart.

Toujours rien. Je prépare la troisième dose.

Une heure de l'après-midi.

Absorption troisième dose. Je crains que ce ne soit pas suffisant. Je vais en chercher deux autres dans le débarras.

Une heure et quart.

Toujours rien. Je continue à absorber régulièrement.

Une heure et demie.

Léger mal à la tête. Je continue à absorber. Plaques rouges sur la peau.

Absorption facilitée par l'absence de mauvais goût. Rappelle le grain de blé.

Curieux, même lorsque l'on cherche à mourir, des questions simples, souvenirs de goûts, restent présentes, importantes. Le goût de la vie qui s'en va.

Deux heures moins le quart.
Toujours rien. Je commence à désespérer.
Deux heures de l'après-midi.
Je continue à absorber régulièrement.
Deux heures et demie.
J'ai froid. Je voudrais voir Chouchou.
J'ai fini d'absorber la quatrième dose.

Un jour n'a pas suffi, il a fallu continuer. Quel spectacle ! Lucidité douloureuse, savamment conservée pour durer.

Le 10 juin 1978.
Je viens de me réveiller. Il est neuf heures. J'ai dormi dix-sept heures mais sans résultat. Je recommence.
Si ça ne marche pas, il reste la voie de chemin de fer. Attendre la nuit. Je n'aurais pas voulu être défiguré.

Onze heures et demie.
J'essaye un nouveau produit – sous forme de céréales.
Douze heures.

Je vais me raser et me laver.
Autant être propre.

Une préoccupation d'hygiène étrange pour quelqu'un qui a vécu salement. La mort promise, recherchée, a des effets inattendus.

Douze heures trente.
Ça fait une heure que j'absorbe.
Treize heures.
Rien de nouveau.
Treize heures trente.
Je me suis fait un café pour m'aider à avaler.
Quatorze heures.
Je pensais avoir un résultat rapide mais, après réflexion, je pense que l'absorption massive sur plusieurs jours me donnera le résultat recherché et que des troubles visuels seraient un signe.
Quinze heures.
Je continue à absorber et je me coucherai.
Seize heures.
R.A.S.

Déjà deux jours que le face-à-face a commencé, avec sa mort, avec lui-même, avec la douleur surtout. Un mal de vivre immense. Qui ne peut pas mourir.

11 juin.
Neuf heures.

J'absorbe le dernier paquet. J'aurai pris en trois jours environ 750 g de céréales empoisonnées sans résultat apparent. Il me reste donc le train.

J'ai fini de lire ces trois pages immondes, souillées de la culpabilité et du malheur, et je regarde par-delà la présidente, ses vice-présidents et le mur foncé du tribunal.

Un ailleurs lointain. Y a-t-il eu un cri, des pleurs, un enfant dans un berceau ? *Dodo, l'enfant do, l'enfant mourira bientôt.* Et sa mère qui le prend, le réconforte, l'aime. Et son père qui sourit, heureux de l'enfant chéri. C'est un fils. Il sera militaire, marin, capitaine de vaisseau. Mais ils l'ont abandonné, à sa douleur, à son naufrage. Et lui qui ne comprend pas, muré dans son désespoir, enseveli sous les décombres anciens, de son abandon, de la bombe en Indochine, lorsqu'il a fallu le déterrer, de l'internement, de la prison après que le colonel, le sien, celui qu'il conduisait, aura été tué.

J'étais là-bas, avec lui, petit enfant qui avait dû être heureux, avant le naufrage de son père, avant le malheur, avant l'enchaînement des causes qui l'avait perdu, jusqu'aux céréales empoisonnées qui ne passent pas, qui ne tuent pas le malheur et la douleur en lui.

J'étais avec lui dans son internat d'oubli où on l'avait placé pour le mater, lui qui ne protestait que contre la perte, du chagrin immense de l'homme tombé à pic, naufragé, poisson coupant du désespoir.

J'étais muet depuis un instant, loin, avec lui dans un bonheur qui avait dû exister, longtemps auparavant, quand la présidente m'a réveillé, doucement avec toujours ce même mot, prononcé presque avec égard pour moi, pour elle aussi peut-être.

« Continuez. »

Chapitre 13

Oui, vraiment, j'étais un enfant frigo.
Frigo pour la faim, frigo pour le froid,
Frigo pour le ronronnement,
Frigo pour les tremblements,
De froid, de terre, de nerfs.
C'était il y a longtemps de douleurs
Et de tourments.

Très tôt, j'avais eu des contacts avec la psychiatrie. Je n'avais probablement que sept ou huit ans lorsque la maladie mentale de mon père prit la forme du docteur Walk. Walk comme nom pour un psychiatre, c'est prédestiné. Walk, celui qui marche quand on doit soigner ceux qui démarchent, qui titubent, ne tiennent pas debout. Le docteur Walk était un grand homme – presque un géant – par la taille, encore davantage, vu de mon corps d'enfant. Il avait une grande blouse blanche qui lui descendait jusqu'aux genoux, des épaules larges, des cheveux foncés et bouclés. On le sentait fort, avec un visage marqué. Un géant qui respirait la santé, la solidité.

C'était un matin d'hiver et il faisait un soleil d'hiver. J'avais entrevu de loin dans la cour, derrière les grilles, les fous, car c'était bien chez les fous qu'était mon papa. Cette idée était choquante pour moi, mais surtout les autres fous me faisaient peur, non pour moi ou pas seulement pour moi, mais pour mon père qu'on avait enfermé avec eux et qui n'était pas fou. Il y eut une courte promenade. Le docteur Walk avait un très gros chien. Un saint-bernard qui m'impressionnait. Ils marchaient l'un à côté de l'autre. Mon père apparaissait beaucoup plus petit, frêle, fragile. Ma mère était là. *Elle* m'avait amené parce que je l'avais demandé, de manière insistante. *Elle* avait fini par accepter. J'ai dû embrasser mon père juste devant la grille de fer qui fermait la cour où se promenaient les fous. Le souvenir en est flou, enfoui, comme la douleur.

Plus tard, le docteur Walk vint régulièrement à la maison. Il arrivait en général en fin d'après-midi, restait peu de temps, discutait avec mon père, lui demandait comment il allait et renouvelait l'ordonnance. J'ignorais alors que j'aurais moi-même à rencontrer cette médecine-là et, comme je l'ai fait avec la tuberculose, à mettre mes pas dans les pas de mon père, déambulant dans ses maladies, renouvelant ses douleurs.

Le premier séjour s'imposa d'un coup, ce fut une urgence. Depuis des semaines déjà j'étais anxieux, sans le savoir. Par instants, des douleurs aiguës me transperçaient les poumons comme autant de piques. Je faisais mon complexe christique. C'était au mois de mai. J'étais retourné voir ma famille que je n'avais pas vue depuis plusieurs années. Je me souviens de cette visite, de mon excitation maladive, de ma douleur fébrile. Sur la route du retour, dans la voiture, je pleurais, sans savoir pourquoi. Je pleurais d'une douleur remontée un peu trop vite et dont on ignore qu'elle existe. Puis j'oubliais.

Pendant l'été, comme les deux années précédentes, j'avais repris mon travail de peintre en bâtiment pour économiser mes indemnités de chômage dont le report me permettrait de financer l'année universitaire suivante. Pour rentabiliser mon temps, j'apprenais en travaillant. J'allais entrer en licence de lettres avec une option approfondissement lettres classiques latin-grec. Je m'étais fabriqué des fiches cartonnées et plastifiées, du vocabulaire de latin, dans une pochette accrochée à un cordon autour du cou. Un coup de pinceau, encore un mot.

Je psalmodiais des journées entières sur mon échelle. C'était ma liturgie à moi. Des déclinaisons latines, du vocabulaire. Mais chaque matin devenait plus dur. Je me levais déjà fatigué. J'arrivais sur le chantier épuisé, angoissé sans le savoir. Mais je n'avais pas le choix. Je n'avais pas les moyens de perdre du temps, de prendre des vacances. Je devais absolument économiser pour l'année d'étude suivante et en même temps combler mes retards, anticiper sur le programme, apprendre le plus possible. J'ai pourtant fini par lâcher prise et, éreinté, j'ai pris quinze jours de vacances dans le Lot avec ma tante et ses enfants dans une maison prêtée par une de ses collègues de travail. Nous sommes partis peu avant le 14 juillet. J'étais mal. J'avais apporté des livres de philosophie car je voulais, l'année suivante, faire un double cursus universitaire toujours avec l'idée obsessionnelle de rattraper mon retard. J'ai toujours gardé ce sentiment d'urgence, des années perdues, des détours qu'il faut rattraper. La maison qu'on nous avait prêtée était petite, avec un étage, sans charme, plantée à flanc de coteau. Elle était séparée de la route par un large fossé si bien qu'on accédait à la maison par un petit pont de bois. Nous faisions des visites, les grottes de Lascaux, Padirac. À la radio, on chantait les grottes de Rocamadour, cet été-là. Pour le 14 juillet, nous sommes allés au bal. Je me souviens de ce 14 juillet halluciné. Nous étions allés à la fête d'un village voisin. Il y avait de la musique, la nuit, les lumières, et j'étais seul, d'une solitude violente et douloureuse qui, malgré la musique, le bruit, le monde, me laissait toujours à distance. Je cherchais à retrouver d'autres sensations anciennes de bals, d'autres visages qui tournent, quelque part un filet, une maille où m'accrocher, mais la distance toujours prenait le dessus. Nous sommes rentrés. Était-ce le même soir ou plus tard ? Je ne sais plus. J'eus une première crise. Un corps qui se ferme violemment et si absolument que tous les muscles en sont tétanisés et tremblent. Je passai la nuit, coincé dans ma douleur et le lendemain je suis allé voir un médecin qui m'a fait une piqûre pour me décoincer, me détendre un peu. La piqûre n'eut qu'un effet limité de quelques heures et la nuit suivante je me retrouvai à nouveau seul sur le sol, tremblant, tordu de douleur.

Seul sur le sol,
Éternité de la souffrance,
Et le souffle
Qui perd la cadence,
Et les mots bloqués
Même pour crier.
Seul sur le sol

Solitude
Seul, désespérément seul.

Ma tante s'est réveillée. Elle est venue me voir. Elle pensait que j'exagérais, que je simulais peut-être. Elle refusait de croire à cette douleur qu'elle vivait comme un acte accusatoire. La crise était le signe de mon malheur d'être là, et elle se sentait responsable. Je ne comprenais pas ce qui m'arrivait. J'étais à la fois conscient, lucide et en même temps totalement victime, au-delà de tout ce que je pouvais imaginer. Je ne le savais pas encore, mais le malheur est atemporel. Il vibre toujours avec la même force, jamais ne s'use ou ne s'épuise, même à des années de distance. Le lendemain, je passai un peu de temps à rassembler des pierres dans le champ derrière la maison. C'était un pâturage à flanc de montagne, avec un peu partout des rochers, des pierres. Je suis resté longtemps dans ce champ bâtissant des ruines imaginaires, des amas de riens, des démolitions organisées, des sculptures intérieures. C'est bien plus tard que j'ai compris la logique de ces gestes, la volonté de s'accrocher à quelque chose. Une expression de soi, malgré soi, au plus profond. L'expression des artistes enfermés, des artistes en survie, l'expression sauvage, que Dubuffet a montrée au monde dans sa violente beauté. Je n'ai découvert l'art brut et sa collection de Lausanne que bien plus tard. J'en fus d'autant plus bouleversé que je sentais dans chacune des œuvres l'état d'esprit, la perte de soi, les errements intérieurs si particuliers qui sont nécessaires à cette expression-là. L'après-midi, je disparus et rejoignis à pied un château, un peu éloigné dans les collines boisées. Depuis longtemps les châteaux me fascinaient, espoir d'une vie meilleure, de cieux plus cléments, de tendresses confortables. Je restai longtemps dans la forêt, près d'une petite tour de pierres, à contempler une fenêtre ronde percée dans la muraille sur le rebord de laquelle il y avait une cuvette bleue. La même que celle qu'utilisait ma mère lorsqu'elle lavait mon père. Je les avais surpris un jour qu'ils avaient tiré le rideau qui séparait les deux pièces de la maison aux courants d'air. Mon père était debout, nu dans sa cuvette. Ma mère le lavait comme un enfant. Ils ne parlaient pas. Triste scène. J'ai attendu au pied de la tour, longtemps. Je crois que j'aurais aimé que l'on me trouve, peut-être, que l'on me parle. Il ne se passa rien. Les lieux étaient déserts. Personne pour me parler, pour me recueillir, pour m'endormir, endormir ma souffrance, organiser un oubli de soi. Je repartis. Je crois qu'ils m'avaient cherché. Combien de temps ? Angoisse. Ma sœur aussi s'était perdue ainsi dans la forêt, ma petite sœur. Pour échapper, comme moi. Mais elle, c'était l'autre, l'envahisseur qu'elle avait fui, celui qui avait voulu la prendre. Les gendarmes l'avaient retrouvée après quinze jours passés dans la forêt à dormir dehors. Fugue, quand tu nous tiens. Fuir pour survivre.

Dès le lendemain, nous sommes rentrés. J'ai vu un médecin qui a demandé mon hospitalisation. Encore une. Je me revois attendant le verdict. J'étais mal, sans douleur particulière, simplement mal en moi, surtout debout. Alors, je suis sorti du cabinet médical et dehors, au pied du petit immeuble, je me suis allongé sur la route, pour attendre. Le sol goudronné était chaud. Il y avait du soleil. C'était au mois de juillet. La chaleur de ses rayons me faisait du bien. Et puis, plus rien.

J'ai été hospitalisé un mois avec des perfusions. Je n'en garde que quelques souvenirs. L'enfermement et la chambre d'isolement restent pour moi un choc. J'étais en psychiatrie. Aujourd'hui encore, j'ai du mal à appréhender la violence du mot et de la chose. La séance où tout vous est retiré, bijoux, vêtements, et soigneusement noté sur une liste, encore un inventaire, en échange d'un pyjama standard bleu, délavé. Le dénuement de soi, à l'extérieur comme à l'intérieur. La porte électrique actionnée depuis un sas. Les portes qui ne ferment pas à clef pour qu'on ne puisse pas s'enfermer. Les fenêtres qui ne s'ouvrent pas si ce n'est de dix centimètres tout en haut pour pouvoir aérer. Rien en soi de dramatique, mais un enfermement doux. Le jeune homme sur le lit à côté de moi roulait sa tête d'un côté et de l'autre comme si l'immobilité lui était insupportable et impossible, douloureuse. C'était sa manière de se supporter et surtout de supporter le manque. Mais le manque de quoi ? Il y avait là toute une misère humaine, plus misère qu'humaine qui parlait beaucoup, se racontait, inventait, délirait. Je me souviens de cette fille qui ne pouvait manger qu'allongée. Quel était son nom ? On ne le sait pas. Qu'avait-elle subi ? On ne le sait plus. Qui était-elle ? Que faisait-elle ? Elle mangeait allongée comme une prêtresse égyptienne, des aliments liquides. C'était normal, la vie ne passait pas. Son passé, elle l'avait si mal digéré qu'elle s'était brûlée avec un désherbant, elle aussi, qu'elle avait absorbé par dépit, un jour qui n'était qu'une nuit. La femme avait sursauté des soubresauts de la douleur qui ne venaient même plus du cœur.

La femme au désherbant

C'est la femme au désherbant,
Au combattant des herbes folles,

Qui marche en trébuchant
Et ce n'était pas de l'alcool.
C'est la femme au désherbant,
Qui n'est ni sourde, ni folle,
Elle a la vie qu'est éclatée,
C'est pour ça qu'on l'a enfermée,
Elle a la vie qu'est éclatée,
Et elle est toute cassée.

Il y avait aussi le vieil homme qui ne voyait plus et qui parlait parfois en allemand. Comme mon père lorsqu'il nous envoyait nous coucher. *Schlaffen, los.* Petit homme à la démarche saccadée. Il devait avoir soixante ans, le corps avait dû être trapu mais était devenu fragile, presque léger. Il marchait avec la tête toujours penchée de côté. Les médicaments le rendaient peu à peu aveugle. Alors, il faisait tout pour ne pas les prendre et c'était à chaque prise, juste avant les repas, une sérénade, des cris parfois.

Je le revois un jour, circulant de chambre en chambre, d'un pas rapide, affolé, cherchant partout sa recette. Où était-elle ? Qui lui avait prise ? Il interrogeait, allait de lit en lit, cherchait partout : ma recette, ma recette. Il était réellement inquiet et cherchait. Je me demandai ce qu'il pouvait bien avoir perdu. Il revenait, regardait dessus, dessous, avec toujours la démarche saccadée et l'inquiétude visible de quelqu'un qui a perdu quelque chose de très important. Le voyant ainsi passer, dans cet état d'agitation, j'imaginais qu'il s'agissait d'une recette de cuisine qu'un soignant ou un proche lui avait donnée. Mais il n'avait plus personne depuis longtemps. J'ai compris au bout de quelques minutes. Il repassait aux mêmes endroits, regardait sous les mêmes lits, dans les mêmes chambres. Il revint dans la chambre, continua de chercher, agité,

« Où elle est, ma recette, où elle est… ma recette, ma recette du bonheur ? »

Il s'agissait d'un petit papier qu'il cherchait dont nul ne sait ce qu'il comportait.

C'était sa recette du bonheur et il la cherchait partout.

Il l'avait perdue depuis bien plus longtemps qu'il ne le pensait, mais il l'ignorait et il cherchait encore. Il n'était pas triste. Petit bonhomme au corps meurtri. Il s'arrêtait de temps à autre au milieu du couloir et subitement se mettait à parler en allemand. Probablement avait-il alors à faire face à des démons anciens et toujours là. Le malheur est éternel. Je l'ai dit. Il était attachant avec sa démarche saccadée, penché sur un côté. Il est sûrement mort maintenant.

Il y avait une fille aussi. Jeune femme brune, mince et jolie dont on avait tué l'ami. Une sombre histoire de vengeance. Ça l'avait démolie. Avec elle, cela a commencé très innocemment à la salle à manger. Les repas étaient pourtant des moments pénibles. Certains malades mangeaient salement, en en mettant partout, abrutis de médicaments. D'autres refusaient de s'alimenter. Un jeune homme anorexique se mettait souvent à côté de moi pour que je m'assure qu'il ne mangerait que sa part de pain. Une part savamment dosée.

Elle était assise en face de moi et nous avons parlé, plaisanté. C'était une jolie brune avec des cheveux noirs, mi-longs et un sourire triste. Était-ce l'effet de son physique ou simplement de ma solitude, toujours est-il que nous avons sympathisé et à la fin du repas nous ne parvenions pas à nous quitter. Nous sommes allés parler dans une salle qui servait à la fois de salle de jeux et de fumoir où l'ergothérapeute, une fois par semaine, nous faisait asseoir en rond pour écouter de la musique. De la musicothérapie pour aider les malades à parler, à exprimer leurs émotions. Bon courage.

Le repas suivant nous a aussi réunis et il était de plus en plus évident, et elle le savait et je le savais, que nous étions attirés l'un par l'autre. Elle m'avait raconté son histoire, parlé de son ami corse assassiné peu auparavant et à qui on avait arraché les dents. Était-ce vrai ? Affabulait-elle ? Nous nous sommes retrouvés pour le dîner et de nouveau elle a ri de mon humour noir, trop noir. Plus tard, elle m'a invité à la rejoindre dans sa chambre. Nous étions tous les deux en pyjama, debout au centre de la pièce. Elle m'a demandé de la déshabiller. Il y eut un faisceau de lumière. Le veilleur de nuit arrivait. Il m'a renvoyé dans ma chambre, à l'autre bout, de l'autre côté. Dommage. Mais la vigilance était de mise, plusieurs patients étaient séropositifs et le veilleur veillait.

Il y avait une autre femme, la femme en couches avec ses sacs plastique. Une femme très brune avec de grosses lunettes et des cheveux longs et noirs qu'elle nouait en queue de cheval. Elle arpentait le service à longueur de journée et on entendait le bruit du frottement de ses sacs plastique. Son ami la visitait chaque jour et chaque jour elle l'insultait pendant des heures. On entendait les cris. Les mêmes chaque jour. Ils ressortaient tous les deux de la chambre en se tenant la main, comme apaisés, jusqu'au lendemain. Étrange couple. La femme douleur qu'on entendait passer avec son pas lourd et le frottement en plastique des couches et des sacs. Et lui, un saint, qui revenait, qui chaque fois était vilipendé, insulté, et finalement, ils étaient ensemble, avaient une relation dont on ne comprenait pas les raisons. Mais dans l'univers de la déraison.

Quand j'en suis sorti, j'étais absent, à moi-même et aux autres. Je pensais pourtant m'en être réellement sorti. Mais cela ne faisait que commencer. Les séjours se sont succédé plus ou moins longs pendant des années. À l'université, au collège où je travaillais, sur la route, à un feu rouge, les crises d'angoisse me surprenaient. Elles m'étaient presque familières, alors je rassurais les proches pour qu'ils ne s'inquiètent pas. La plupart du temps, j'allais moi-même aux urgences psychiatriques, épiant les signes, canalisant la crise, gagnant du temps jusqu'à être à l'abri.

Parfois, il était trop tard. Il fallait mener le combat seul. Un après-midi de printemps. Il faisait beau rue Gaston-Couté à Paris. L'appartement d'une amie qui m'avait recueilli à son tour était au quatrième étage et la fenêtre ouverte. L'air était suspendu, apaisé, calme. J'étais là depuis je ne sais plus combien de temps, peu de temps après la sortie du premier séjour, groggy, sonné, drogué. Il fallait arrêter, arrêter au plus vite d'avaler tous ces comprimés, bâtonnets roses pour l'angoisse, bâtonnets bleus pour le sommeil. C'était mon obsession. En finir vite avec la dépendance, m'en sortir encore. Mais faute d'avoir ma dose, la crise est arrivée. Je l'ai sentie venir. Je commençais à connaître sa forme, à pressentir son apparition, le corps qui se recroqueville, se referme, des tremblements, des points aux poumons comme autant de transpercements et puis l'angoisse terrible, vertigineuse, la peur. Comme je le faisais en pareil cas, je m'allongeai sur le sol. Le sol était rassurant. Son seul contact me calmait un peu – mais l'angoisse était trop forte, le corps que je contractai pour essayer de résister et de bloquer la crise céda et se mit à trembler violemment. Je pleurai. Mes ongles entrèrent dans la chair de mes paumes serrées et tout mon corps ne fut plus qu'un spasme incontrôlable. La fenêtre était grande ouverte sur un ciel clair. Des feuillages apparaissaient. Dehors, tout était calme, un apaisement si perceptible qu'il en devenait un appel. Sauter dans un calme clair. L'idée était aussi présente que les tremblements. La fenêtre. Sauter. Il ne fallait pas. Résister. Il fallait résister. Mais résister à quoi, quand le mal ne dit pas son nom, si loin, si enfoui. La douleur, la panique étaient si épuisantes, si insurmontables et la fenêtre était là, battants ouverts, sur le vide d'un appel. Il fallait résister. Il ne fallait pas. Il ne fallait pas. Le chat est apparu, un gros chat angora. Il me monta sur le corps et commença à me piétiner presque avec application, en rythme, une patte et puis l'autre. Cette présence me surprit et d'un coup m'apaisa. Je mis longtemps à me calmer, le chat était parti. Mon amie arriva. Je n'avais pas sauté.

Entre pilules, perfusions, entretiens et enfermement, j'ai cherché, désespérément, à m'en sortir, à en sortir, à m'absenter de la douleur, de l'isolement, de l'angoisse qui brûle la gorge, d'une faim sans faim, d'une peur aussi blanche que les murs et aussi vide que l'absence. Mais, rien n'y faisait, le mal était toujours là, sans mal, sans causes, sans sens, minant de l'intérieur mon peu d'énergie et de volonté. Le monde comme volonté et comme représentation. Une volonté au corps, unique, simple et primaire de subsister malgré tout, de combattre, de survivre entre les pierres dures de l'abandon de tout et de la perte.

J'étais à cette époque constamment drogué par les médicaments, si bien que je me revois le matin gravir à pied la côte qui menait de la station RER au collège de la banlieue ouest où j'étais surveillant, pion. Il me fallait une énergie colossale pour monter tant mon corps était endormi et fatigué par les médicaments. À certains moments, pour me donner du courage, je fermais les yeux en marchant afin de constater quelques instants après que j'avais avancé un peu. Arrivé sur place, je donnais le change. Je surveillais, je travaillais, j'étudiais. Je ne sais plus bien comment, j'ai tenu comme cela, somnambule, pendant des années. J'avais de telles sensations d'angoisse que j'allais chez l'épicier du coin acheter par pots entiers de la confiture de châtaignes. Je mangeais le pot en une seule fois. Cela me tenait au corps et calmait ma sensation de faim. Des châtaignes, comme celles que faisait cuire mon père, dans la poêle, comme celles qu'il utilisait parfois, à Noël, pour faire une bûche. Mais c'était si rare. DEUG, licence, maîtrise. Je progressais année après année. Au début facilement. Mais la maîtrise de lettres fut redoutable. Le titre m'était venu d'un coup. Tout entier, tout armé. « La liturgie de la mort dans le premier théâtre de Paul Claudel ». Pourquoi la liturgie ? J'étais en affaire avec Dieu depuis longtemps. Depuis le premier séjour, chez les sœurs, des décennies plus tôt. Mais, je ne parvenais pas à comprendre le titre ni même le choix de l'auteur aux antipodes de ce que j'aurais dû aimer. Quant à la mort, j'ai d'abord cru que cela impressionnerait favorablement un jury par le sérieux du sujet. La réalité était plus prosaïque. C'était le signe de mon angoisse. Du coup, écrire ce mémoire a été pour moi une souffrance. J'avais mis toutes les difficultés de mon côté, le choix de l'auteur, le choix du sujet mais aussi la forme même du texte que j'avais voulue dramaturgique. Après trois ans tout de même, j'en suis venu à bout et j'ai obtenu le diplôme. Maîtrise de lettres modernes. Ce n'était pas si mal après un CAP de peintre en bâtiment. Pourtant, je n'étais pas fier de moi. La fierté n'était pas à ma portée.

Pendant tout ce temps, j'ai vécu avec le suicide pour témoin. Enfant, mon père m'avait habitué. Tous les ans, il faisait sa tentative. Pendant des années, il y eut ainsi le rituel de fin d'année.

Et puis, cet homme qui s'était pendu. Je devais avoir douze ans. Jamais je ne l'ai vu, jamais je ne l'ai croisé mais lorsque j'appris qu'un après-midi il s'était pendu, il me devint d'un coup familier. Il était allé avec une corde neuve dans la forêt du village qu'on appelait le « bois du château ». C'était le nom qu'on lui avait donné parce qu'il y avait eu, longtemps auparavant, un petit manoir, un château que la guerre avait détruit. Je n'ai pu m'empêcher de ressentir son désespoir, le poids sur ses épaules, la lenteur de son pas de corde.

Dans le bois du château,
Le pendu s'est pendu
Un geste inattendu
Pour celui qui n'en pouvait plus.

Cet homme qui n'était rien pour moi et que je ne connaissais pas a représenté, incarné – je ne connaissais pas encore ce mot – le malheur.

Ma mère m'avait dit qu'il était maçon. Aussi bronzé que travailleur, petit, foncé et trapu comme sont tous les maçons. Il laissait une femme et des enfants qui n'auraient même pas le réconfort d'une prime d'assurance. Pour le suicide, ça ne marche pas. Son geste m'a longtemps obsédé, bouleversé sans que je comprenne vraiment pourquoi. J'ai cherché à savoir, j'ai interrogé.

J'ai cherché à savoir qui était l'homme pendu
J'ai interrogé sa mort,
Mais personne n'a répondu.
Trois aveugles, avec une canne
Trois aveugles dansent la samba
Le premier a une sarbacane
Il marche à petits pas
Le second a un chapeau
On lui a troué la peau
Le troisième, avec des lunettes noires
Dessine un mouton qu'on ne peut pas voir.

Très tôt, il y eut aussi mes tentatives. Mourir d'épuisement. L'idée était curieuse, presque comique, mais finalement assez rationnelle pour canaliser le grand malaise intérieur. Une manière d'utiliser la formidable énergie qui était en moi pour en finir avec le vide. Dès l'âge de dix ans, autour de la maison. Je courais, courais, en rond pendant des heures. *Keep on running,* dit la chanson. Mes parents ne comprenaient pas. Je courais. L'épuisement m'apaisait. Plus tard, du côté de Lyon, à l'époque où je fréquentais une vieille femme avec son élevage de chats angora dans la montagne. J'errai un soir dans la petite ville voisine. Je décidai de suivre le trottoir, au hasard. J'ai continué, continué ; une nuit entière à marcher. Puis j'ai repris le train à Lyon tout simplement. L'épuisement était bien trop inaccessible et je n'avais pas la force de l'affronter. Il y eut encore la tentative de la rue du Faubourg Saint-Denis où j'étais allé habiter quelques mois. Un de mes allers et retours désespérés du temps où je vivais avec ma tante. Les prostituées, ça m'allait bien. Je les avais fréquentées à Pigalle, à l'époque du porte-à-porte pour leur vendre des bébés en sérigraphie. Ça les attendrissait.

Cette fois-là, j'ai déchiré tous les billets de banque que j'avais sur moi, mon salaire touché le jour même, pour me priver de toute possibilité de retour en arrière. Instinctivement, je n'ai pas fait de trop petits morceaux. Sage précaution. Je les ai éparpillés dans la pièce. J'ai confié la clef de ma chambre du sixième au concierge avec un des billets de banque non déchirés, pour qu'il donne les clefs à qui les demanderait, et puis j'ai marché. Le boulevard Sébastopol, Saint-Michel, et puis tout droit, toute la nuit, jusqu'à la vallée de Chevreuse. Là, c'est un banc qui m'a trahi sur une grande place déserte, illuminée pour les fêtes de fin d'année. Je m'étais promis de ne pas m'arrêter. Ne pas s'asseoir. Juste un petit instant. Juste le temps de se reposer un peu et de repartir. Trop tard. Je suis reparti à pied dans l'autre sens. Se tuer par épuisement, c'est vraiment une idée à la con, mon père aurait été fier de moi.

Et puis un jour une vraie tentative, une sérieuse, avec des médicaments et au dernier moment, dans un dernier accès de lucidité, un appel, et puis plus rien. Plusieurs jours sans conscience avant le réveil et l'enfer psychiatrique, à nouveau. Un enfer doux, un enfermement confortable et tous ceux qui parlent et qu'on n'entend pas. Des récits de vie, de douleurs, d'épreuves insurmontables, d'ailleurs ensoleillés, d'autres choses encore. S'achevaient ainsi ces cinq années, cinq années difficiles, curieuses, de vie commune avec ma tante. Celle qui m'a accompagné.

Chapitre 14

Papa,
On m'a dit qu'on t'a retrouvé sur un banc.
Tu m'avais déjà habitué au pire,
Mais là, tu exagères un peu.
Tu sais, cela fait un peu drôle d'apprendre ça.
Son père, sur un banc.
Tu étais parti dans le Sud, le Midi,
Pour avoir un peu chaud
À moins qu'inconsciemment
Tu ne te sois rapproché de ta mère,
Celle qui t'a abandonné, renié.
On t'a retrouvé dans un square.
Sur un banc, comme un clochard.
J'ai du mal à t'imaginer.
Tu étais probablement sale et sec.
Sale, ce n'est pas nouveau.
Sec, ce sera l'effet des vents du Sud.
Quelle loque tu fais,
Comment peut-on avoir aussi peu de force,
D'envie de se battre, de survivre ?

Mais tu sais, maintenant je comprends,
Dans survivre, il y a vivre,
Et tu es mort depuis longtemps,
Ton cadavre vivant a hanté le bout de la table pendant des années, silencieux, emmuré dans une douleur qui ne pouvait pas dire son nom, avec eux, tes morts, ceux qui ne t'ont pas accompagné, tes parents.

Perdu depuis longtemps dans le naufrage familial.
Comment veux-tu faire pour t'aimer ?
Sale, alcoolique, violent, suicidé,
J'avais déjà l'habitude,
Mais clochard !

Tu sais, je n'avais pas compris, mais c'est pour moi une évidence maintenant.

Tu étais abandonné, perdu depuis longtemps pour toi-même et pour les autres.

Perdu, comme l'avait été ton père, marin disparu en mer. Naufrage. Coulé à pic. La disparition en eaux profondes, l'absence.

Et à cette absence-là, ta mère a voulu en ajouter une autre, te mettre en pension, à l'âge de sept ans. Si bien que pendant des années, tu n'avais plus ni père ni mère, entouré d'une absence elle-même improbable – car le disparu en mer n'est déclaré mort que longtemps après.

Il n'y a pas de corps, juste le vide, le vide du dedans – et l'absent reste présent, obsédant, sans être là.

Comment supporter cela ? C'est impossible. Et d'ailleurs, tu ne l'as pas supporté. Ton être s'est défait et l'angoisse a fait son ouvrage.

Je sais maintenant pourquoi tu étais absent, toujours là, absent à toi-même.

Où étais-tu lorsque, assis au bout de la table, immobile, les yeux ouverts, tu ne nous accompagnais pas ?

Ailleurs.

Dans des rêves de tendresse, de caresses et de chaleur, d'hiver crépitant. La souffrance était probablement trop forte.

Alors, tu t'absentais comme d'autres partent en voyage. Voyageur immobile, au centre de toi-même.

Il y avait beaucoup d'espace dans ce grand vide.

Lui a coulé, avec les poissons. Il ne l'a pas su, mais il n'y avait pas qu'une seule vie qui coulait là.

Un naufrage de plusieurs générations s'engageait.

Jamais tu ne t'en es remis et tu ne le savais pas et tu ne le sauras sans doute jamais.

Paix à ton âme. Tout était trop profond.

Océan du désespoir. Insupportables alizés.

Ta vie, par fidélité peut-être, par filiation sûrement,

N'a plus été alors qu'un vaste naufrage.

Les bêtises de l'enfant angoissé, la bonne idée de t'envoyer au pensionnat pour panser tes blessures. Alléluia !

La Légion étrangère pendant sept ans, la guerre d'Indochine, la prison et deux ans d'internement administratif, après l'accident, celui où le colonel est mort, celui que tu conduisais. Tu étais soûl, comme d'habitude. La folie et la psychiatrie, la tuberculose et, pour finir, la solitude encore de celui qui ayant aussi mal aimé se retrouve seul.

Tu es mort là-bas, de l'intérieur, dans un effondrement silencieux qui ne laisse rien debout qu'une enveloppe d'homme qui s'agite parfois au gré du vent des événements d'un théâtre d'ombres sans lumière.

Pourtant, parfois tu étais vivant. Jamais très longtemps.

Tu te souviens ? Les escargots, qu'un matin nous étions allés chercher ?

Maman m'a réveillé très tôt ce jour-là. Un jour de septembre ou d'octobre, je ne me souviens pas très bien.

Il ne fallait pas faire de bruit. Il devait être quatre ou cinq heures du matin. On distinguait à peine l'aube par la fenêtre. Je me suis habillé en silence. Elle *a préparé du café et du chocolat pour moi. Nous chuchotions pour ne réveiller personne et j'étais très fier d'être le seul à participer à cette petite conspiration. Le silence, les mots échangés à voix basse donnaient une intimité à nos échanges. Nous étions comme enveloppés. Nous sommes partis très tôt. Tu avais emporté des sacs en toile de jute qui avaient servi pour ramasser les pommes de terre. Dehors, il ne faisait pas très froid et encore nuit. En quelques minutes, nous étions réchauffés par la marche. J'étais heureux de ce moment inhabituel, heureux d'être seul avec toi, papa, ce qui n'arrivait pratiquement jamais. Nous avons marché un long moment, mais je n'ai le souvenir d'aucune fatigue, d'aucune lassitude. Tu me tenais la main. Ma mère nous avait donné un sac avec des pommes à manger, des pommes rouges qu'elle avait frottées et fait briller avec un torchon.*

Lorsque j'ai eu faim, je t'ai demandé une pomme. Tu l'as sortie du sac et tu l'as coupée en deux et m'en as donné la moitié. Tu disais que la matinée serait encore longue et qu'il fallait garder la seconde moitié pour plus tard. Une pomme mangée en deux fois, avec tellement plus de goût, tellement plus d'attention, de valeur. C'est un des rares moments de mon enfance où nous avons été ensemble vraiment. As-tu ressenti quelque chose ?

Étais-tu heureux ? Comment le savoir ? Tu avais une telle prédisposition au malheur.

Nous nous sommes perdus, ce jour-là. Était-ce un jeu, une façon de me taquiner, de jouer à se faire peur ?

Je te revois en haut d'un champ surplombant un val planté de peupliers, de ronces et de broussailles où coulait une petite rivière. Le jour se levait à peine au travers d'une brume matinale et humide. Tu cherchais ton orientation. J'étais vaguement inquiet. Si nous allions nous perdre ? Cette journée aurait pu durer une éternité.

Il m'arrive encore fréquemment de parcourir ces lieux, de courir sans fin entre les arbres, le long d'un ruisseau, pour échapper à un agresseur jamais identifié dans des rêves qui confinent au cauchemar.

À un moment de cette promenade matinale, il a fallu traverser un ruisseau en marchant sur un tronc d'arbre. Tu m'encourageais et me tenais la main pour traverser. Ce jour-là, tu m'accompagnais.

Tu étais vivant et tu m'accompagnais comme un papa accompagne son enfant.

Cela ne s'est pas reproduit.

Nous avons marché longtemps, portant notre sac à pommes de terre, et ramassé un à un des dizaines d'escargots. Le sac devenait lourd et était rempli au tiers lorsque nous sommes rentrés.

Ma mère a versé tous les escargots dans la lessiveuse de fer blanc qui servait à faire bouillir le linge avant d'aller à la rivière. Elle a jeté dessus du gros sel. Pour les faire baver, disait-Elle. C'était impressionnant de voir au fond de la lessiveuse cette multitude d'escargots se bavant dessus, les uns les autres,

cherchant tous une hypothétique sortie. Pour une fois que c'était Elle *qui en faisait baver à d'autres.*
À chacun ses escargots.

Parfois, l'hiver, tu trouais une vieille poêle pour faire griller des châtaignes et un peu de chaleur, de bonheur, perçait la surface opaque du malheur.
Tu faisais quelque chose pour nous.
Toi, le lâche.
Le lâcheur.
L'aveugle et sourd,
Muré du dedans dans ta douleur
Qui occupait tout
Regard perdu,
Intérieur. Vide
Et froid complet des souffrances de l'abandon.

Je t'écris cela dans la souffrance et dans le spasme,
Comme pour l'enfant mort du dedans,
Effondrement intérieur des étagères,
Corruption artérielle de la déveine.
Bon sang !
Papa,
Comment as-tu pu nous manquer à ce point ?
Sauf pour le coup de poing, précisément,
Un jour de Noël où tu m'as frappé.
J'étais à la fête. Cadeau du matin.
Et des cadeaux tu ne nous en faisais pas,
Sauf empoisonnés parfois.

Tu te souviens, vous étiez partis tous les deux par le car, la journée entière, à la ville, pour faire des achats. On avait touché les allocations familiales.

Vous êtes revenus le soir avec des achats.

Instants rares, et vous avez déballé les paquets. Il y avait des vêtements. Un pantalon de flanelle grise. Un pull-over avec un col en V et même une chemise avec des rayures. Tous les vêtements étaient pour moi. Vous aviez décidé d'instaurer un nouveau principe. Vous iriez chaque mois à la ville faire des achats pour rhabiller l'un d'entre nous, chacun à son tour. J'étais le premier. Pourquoi moi ? Je n'étais pas l'aîné. J'ai su immédiatement qu'il n'y aurait pas d'autres fois. C'était le genre de résolutions que ma mère n'aurait jamais pu tenir, trop à courir après l'argent. Mes frères et sœurs étaient là aussi pour l'ouverture des paquets. Ils n'ont rien eu. Ils savaient aussi. Qu'auraient-ils pu dire ? Protester n'aurait pas servi à grand-chose.

Cadeaux empoisonnés.

Fabriques à culpabilité.

D'autres fois, les cadeaux, vous les gardiez pour vous, pour nous, pour plus tard. Comme ce jour de Noël au préventorium où l'on allait de temps en temps avec mes sœurs pour éviter le retour de la maladie. Ils ont décoré le sapin, organisé une fête. On a distribué les cadeaux et les enfants ont ouvert les paquets envoyés par leurs parents, avec fébrilité. C'était deux fois Noël à cause du cadeau mais sur-

tout parce que c'était un cadeau de leurs parents. Une présence. Ma sœur s'est mise à pleurer.

Nous n'avions rien reçu. La monitrice est venue me voir. J'étais déçu, triste. Mais je n'allais pas pleurer aussi. J'étais un grand, et un garçon en plus. Le cadeau était sur l'armoire. Si vous l'aviez envoyé, il aurait pu être cassé, abîmé. Mieux valait que nous le trouvions au retour. Je n'ai pas pleuré mais d'un coup, j'ai eu mal, très mal au dos. Il a fallu m'emmener à l'infirmerie. Je n'ai jamais joué avec ce jouet, un camion, qu'on m'avait gardé. Vous n'avez pas compris.

Ingratitude.

Tu sais, papa, maintenant, Noël est une épreuve pour moi,

Sang sur les mains, sur le visage une larme,
Cadeaux plein le dos,
Solitude du malheur.
Noël de pauvre.
Pauvre de moi.
Jamais, tu ne m'en as parlé, de tes Noëls à toi,
Ceux où tu te suicidais.
La vie non plus ne t'a pas fait de cadeaux.

Chapitre 15

Tribunal de grande instance de Beauvais, 13 heures.

Il est 13 heures maintenant. La présidente a suspendu la séance pour le déjeuner. L'affaire de l'après-midi – était-ce aussi une affaire de famille – a été renvoyée. J'ai entendu des murmures, des irritations, des protestations. Je les comprends. Eux aussi ils s'étaient préparés. Pour rien, il faudra revenir.

Je me suis enfui, immédiatement. Je ne voulais croiser le regard de personne, ne parler à personne, pas même à mes sœurs. Et à *Elle* encore moins. Je ne pouvais prendre aucun risque. Je n'aurais pas eu la force et je devais garder encore un peu d'énergie pour finir, aller au bout, en terminer avec tout cela, avec le poids du malheur, de la culpabilité, que l'on traîne comme une charrette à bras, pleine à ras bords de tout un fatras accumulé, choc après choc, douleur après douleur, la culpabilité de toute façon.

Et puis, comment aurais-je pu parler, reprendre le fil des conversations, m'inquiéter de la famille, demander l'addition. On me la présenterait de toute façon. Je les ai laissés seuls pour le déjeuner et je me suis enfui comme je le fais toujours quand l'intérieur menace, que l'Alien froid du dedans sort, qu'il menace l'équilibre précaire de la résistance intérieure. Je suis parti.

J'ai erré comme je l'ai fait souvent, en moi-même, sans pouvoir supporter le manque, sans pouvoir l'affronter ni m'en défaire non plus. J'ai marché comme j'ai marché souvent dans mes errances infinies, dans mes suicides insensés. Je ne sais pas où. Je ne sais pas comment. Somnambule de vérité comme j'ai été somnambule de survie. Avançant plus pour fuir que pour rejoindre un ailleurs plus supportable. À quelques pas du tribunal par la rue derrière, on s'éloignait du centre-ville. Il y avait un quartier de maisons bourgeoises, solides avec leurs pierres de taille, imposantes au milieu de leurs jardins, de leurs parcs quelquefois. J'ai erré. Tant de choses étaient revenues en moi, tant de peur, tant de manque, que je me sentais sonné.

J'ai erré et résonnaient en moi les paroles du matin. J'étais venu pour cela mais j'avais fait des détours inattendus, inconnus, oubliés. Je revoyais la maison avec sa chambre froide, ses murs de craie humide, sa grange à courants d'air. Je ne savais pas à quel point j'avais eu froid. J'étais devenu le froid.

Pendant toutes ces minutes, je la sentais qui m'écoutait. Je m'inquiétais de ses réactions. J'avais peur qu'*Elle* ne comprenne pas les souvenirs incertains, les détours inutiles, les incompréhensions maladives, qu'*Elle* ne comprenne pas tout le mal que l'on m'a fait, qu'*Elle* m'a fait, par négligence, par lassitude, par abandon.

Je ne voulais parler à personne. J'ai erré, perdu en moi-même. J'ai même failli rater l'heure, la reprise. Je devais être là. J'étais le seul qui pouvait le faire, expliquer. Les autres aussi avaient eu leur part. Plus encore peut-être que moi. Surtout ceux qu'on avait placés. Un geste incompréhensible. Une simple signature au bas d'un imprimé. Un imprimé de la DDASS. J'étais là la première fois pour mon jeune frère, celui qui faisait des bêtises, qui avait eu le courage de couper les lanières de cuir du martinet avec lequel mon père nous frappait, qui volait, qui mentait. J'étais là et je n'ai pas compris le drame qui se jouait, l'abandon froid, administratif, imprimé à jamais dans les mémoires. Je n'ai rien pu faire, protester, me révolter, lui dire que je ne l'abandonnerais pas, que je l'aimais. Mais comment auraient-ils pu s'expliquer ? Il fallait que je le fasse, pour eux, pour lui. Je voulais garder en moi le malheur, intact, prêt à l'emploi, ne pas perdre le fil, être prêt.

La séance a repris. Avant de me redonner la parole, la présidente a voulu rappeler pourquoi nous étions là, les faits succinctement, l'article surtout, sec, brutal, indiscutable. L'article 205 du code civil qu'on nous opposait.

« Les enfants doivent des aliments à leurs père et mère ou autres ascendants qui sont dans le besoin. »

Le texte résonnait en moi. Un texte sec, froid, direct. Les parents doivent nourrir leurs enfants, les élever. Les enfants doivent des aliments à leurs parents. Symétrie naturelle, rationnelle, indiscutable. À moins qu'ils n'aient démérité, et que l'indignité parentale ne nous délivre. Le code civil ne pouvait pas avoir prévu cette ultime punition pour nous. Pour quelle faute, pour quel manquement ? Car ce sont eux surtout qui m'ont manqué, eux qui ne m'accompagnaient pas, qui m'ont trahi. Mais pour moi, tout cela n'avait aucune importance. J'aurais tellement voulu payer, trouver en moi autre chose qu'une culpabilité envahissante et le désarroi. Mais payer m'aurait détruit. Seule la résistance me permettait de survivre.

J'ai erré dans le quartier, égaré dans des pensées anciennes, et le temps m'a paru long, lointain, comme amorti, suspendu. Lorsque je suis revenu, tout le monde avait déjà regagné sa place dans la salle d'audience, la présidente, ses vice-présidents, l'huissier à la figure d'ange, les avocats, mes sœurs. *Elle* était là aussi, qui attendait. Il ne manquait plus que moi. Sont revenus aussi les faits, l'article. La présidente m'a demandé de terminer, rapidement si possible, car il fallait en finir. Tant mieux, je n'avais plus grand-chose à ajouter, je commençais à perdre pied. Il était temps d'en terminer avec tout cela, avec les morts qui rongent, avec les douleurs et la peur, avec les caresses oubliées, les jours sans fin dans la chambre froide, le sang qui coule et au bout un chèque à faire, pour prix de tout ça, pour solde de tout compte.

Dehors, il faisait toujours gris mais il ne pleuvait plus. Je me suis levé. J'ai agrippé la barre à nouveau. Il fallait donc aller au bout. Il n'y avait plus grand-chose à ajouter mais c'était le plus difficile, ce qui ne passait pas. Voyant que je restais muet depuis un long instant, le regard fixe, perdu. Elle a insisté, doucement, fermement.

« Allez-y. Nous vous écoutons. »

Chapitre 16

J'étais un enfant frigo, et je ne savais que cela. Mort dans ma chambre froide, dans mon aquarium sanitaire, dans mon aérium de survie, dans mon sanatorium provisoire, celui où l'on m'a abandonné. J'avais un an.

C'est avec cet enfant, ce cousin, que j'ai compris d'abord sans comprendre. J'avais juste retenu l'histoire qui me faisait mal, que je ne croyais pas, que je ne pouvais pas avoir inventée ; enfant dont je ne sais plus le nom, ni quand il était arrivé. Il était très jeune, très maigre et très blanc. Il avait peut-être huit ans. Son père était mort quelques jours plus tôt et ma mère avait accepté par solidarité familiale (ou peut-être en attendait-*Elle* quelques gains) de l'accueillir chez nous quelques jours. Curieusement, et bien qu'il ne soit resté à la maison que peu de temps, il devint presque instantanément notre souffre-douleur, celui dont on se moque, qui écope au passage de quelques coups de pied. Ma mère l'avait frappé un jour, longtemps, un jour qu'elle avait mal aux dents. *Elle* avait souvent mal aux dents. À cause des accouchements. *Elle* avait si mal, c'était si douloureux, lorsque l'enfant avait répondu, pour rien, *Elle* lui était tombée dessus. *Elle* a frappé, frappé. Évidemment, il avait pleuré. À la fin, *Elle* s'était calmée. De toute façon il méritait bien sa correction, et *Elle* s'était mise à rire. Surprise, *Elle* n'avait plus mal aux dents. *Elle* avait littéralement passé ses nerfs sur lui.

Un soir qu'il avait à nouveau joué son rôle de souffre-douleur et qu'il pleurait, il nous a raconté un peu sa vie d'avant, la terreur de sa vie d'enfant. Cette vie où son père, celui précisément qui était mort quelques jours plus tôt, les terrorisait, menaçant et frappant plus que nécessaire. Nous n'étions ni scandalisés, ni dépaysés par son récit. Mon père nous frappait aussi, avec le martinet aux lanières de cuir, avec la ceinture souvent, mais aussi à coups de poing et dans ce cas c'était ma mère qui devait intervenir pour que nous ne restions pas K.-O. sur le sol. Ce soir-là pourtant, l'histoire que nous raconta l'enfant, une histoire simple, une histoire courte, nous bouleversa. Malgré l'habitude du malheur, elle m'a démoli, comme un vieux mur, affalé sur le sol, mais à l'intérieur, sans que rien ne paraisse. Aujourd'hui l'histoire est encore en moi, et malgré les interrogations je ne sais toujours pas si nous étions ensemble ce jour-là, s'il a bien raconté cela, était-ce un songe, un cauchemar ? Le garçonnet était malingre, petit, et sa peau avait la couleur d'un enfant malade, pâle comme lorsque l'on ne met pas le nez dehors pendant longtemps. Son père, qui était aussi un de mes oncles, était ouvrier viticulteur. Il cultivait un terrain de vigne affermé. Travailleur infatigable, il était abasourdi d'efforts et se conduisait comme une véritable brute avec sa famille. Il avait six ou sept enfants je crois. Un soir qu'il était rentré dans cet état particulier d'hébétude due au labeur, le plus petit des enfants, qui n'avait que quelques semaines, se mit à pleurer. Sa mère, qui savait l'irritabilité de son mari, chercha à le calmer. Avait-il froid ? Avait-il faim ? Une de ses épingles à nourrice, que l'on utilisait pour maintenir les couches en tissu, était-elle mal refermée, blessant le bébé ? Elle eut beau faire, le cajoler, lui proposer un biberon de lait, rien n'y fit, il hurlait de plus en plus fort. L'homme ne cria pas, ne prévint pas. Sa colère fut silencieuse, crispée, blanche comme la mort. Excédé, il se leva de sa chaise, se saisit de l'enfant qui, apeuré, cria plus fort encore, et chercha à le faire taire. Le secoua, fulminant, rien n'y fit. C'est alors qu'une réaction tout à fait imprévue, inimaginable, dont on ne sait comment elle vint à l'esprit de l'homme, se produisit. Il tourna avec le bébé dans les bras, arpentant la pièce. Il cherchait quelque chose. Un endroit. Il s'arrêta brusquement. Le petit hurlait d'autant plus fort que toute cette agitation augmentait son inquiétude. Le père se dirigea alors vers le réfrigérateur qu'il ouvrit, dégagea l'étagère des restes du dîner rangés sur la grille de métal, et posa l'enfant qui hurlait de plus belle, sur l'étagère la plus basse. Il referma la porte.

On n'entendit plus les cris que de très loin, assourdis par la porte épaisse, par la porte forte – et l'homme annonça qu'il l'en retirerait dès qu'il se serait calmé. Personne ne sait combien de temps il fallut, mais l'homme fut soulagé. Il était parvenu à arrêter cette sirène qui lui vrillait les tempes, lui nouait l'estomac. Le temps passa. Personne ne sait combien. L'enfant se calma, les cris, enfin, cessèrent.

L'enfant malingre tremblait de raconter son histoire. Nous étions trois ou quatre assis par terre, sur le sol froid, à l'écouter. Il avait assisté à la scène, apeuré, impuissant, sans comprendre. Il s'est arrêté d'un coup et fondit en larmes. Cela dura longtemps et nous écoutions ses sanglots sans rien dire. C'était un moment étrange. Des enfants silencieux, assis sur le sol, écoutant les sanglots d'un autre enfant. Un de mes frères l'a serré contre lui, pour le rassurer, pour le calmer. Geste d'enfant vieilli trop tôt.

Le calme était revenu dans la maison. La mère est allée rechercher le bébé. Elle a ouvert le frigidaire. L'enfant était silencieux et bleu. Il était mort.

La danse dans le frigidaire

Tiens, se dit l'enfant,
Le silence s'est éteint maintenant.
Très loin, très loin un petit son fin et cristallin.
Une note.
Une petite note de musique,
Et une seconde,
Une troisième.
Tiens, une troisième note de musique
Trois petites notes de musique.
Est-ce une berceuse ?

U-ne pe-ti-te no-te de musique
Et je ne com-prends pas très bien
Trois pe-ti-tes no-tes de mu-si-que
Et je ne comprends plus rien

De l'eau sur le visage
C'est l'eau du dégivrage
Une douleur au côté
C'est l'os d'à côté

Trois petites notes de musique
Et l'enfant s'en va très loin
Trois petites notes de musique
Et l'enfant est parti.
Il dort. Il dort. Il rêve.

Il rêve de danse comme les enfants oiseaux qui apprennent à chanter en rêvant qu'ils pépient.

Et lui, il rêve aussi et apprend à marcher en rêvant qu'il danse dans un silence humide et blanc rythmé des chocs réguliers d'une basse qui frappe des coups sourds.

Et son corps se dodeline doucement comme le font les drogués qui s'agitent d'un côté et de l'autre sur le lit pour oublier le manque.

Il balance tout son corps emmitouflé.

Ses mains se lèvent doucement vers la grille de l'étage supérieur et gesticulent comme des marionnettes, et son corps se redresse entre les grilles métalliques de l'endroit et se met à tourner.

Derviche tourneur du frigidaire.

L'eau scintille dans la nuit du frigidaire,
Glisse sur les parois fraîches.

Il se penche.
Il se redresse, s'articule et se désarticule.

Et l'enfant tourne, et l'enfant danse
Et la musique silencieuse l'accompagne.
Danse, danse, l'enfant dans le frigidaire,
Et les lumières se reflètent sur la glace,
Scintillements,
Firmaments,
Maman.

Et les coups de la basse accélèrent,
Très vite et très fort maintenant
Et le corps saute et sursaute,
Le corps dansant de l'enfant
Une danse blanche comme le silence.

Et l'enfant meurt, dans le silence et dans le froid, et l'enfant meurt, dans son frigo imaginaire, dans sa vie imaginaire, berçant,
Tournant,
Dans des bras bienveillants.

Il n'y a plus d'étagère, tout l'espace du frigidaire blanc est vide pour l'enfant livide,
L'enfant comme un ange,
Qui se balance et qui tourne,
Qui monte,
Qui descend,

Et tous les anges autour de lui qui dansent au rythme des coups sourds des tambours,
Une sarabande d'enfants

U-ne pe-ti-te no-te de musique
Et je ne com-prends pas très bien

Trois pe-ti-tes no-tes de mu-si-que
Et je ne comprends plus rien
De l'eau sur le visage
C'est l'eau du dégivrage
Une douleur au côté
C'est l'os d'à côté

Trois petites notes de musique
Et l'enfant s'en va très loin
Trois petites notes de musique
Et l'enfant est parti.

Le docteur appelé sur place ne put que constater le décès. Il n'accorda pas le permis d'inhumer. La mort n'était pas naturelle.

Dodo, l'enfant do, l'enfant mourira bientôt,
Dodo, l'enfant do, l'enfant mourira bientôt.

Le père ne vécut d'ailleurs pas longtemps après. Dès le lendemain, dans la vigne, il s'était déchiré la rate avec le manche de son motoculteur. Était-ce un accident ?

L'enfant chétif était bouleversé et nous l'étions aussi. Son récit avait été au-delà de ce que nos imaginations d'enfants pouvaient produire de terreurs nocturnes, d'angoisses diverses. L'horreur avait pour nous un visage, blanc, pâle et transparent, celui d'un enfant martyr, frère d'un bébé martyr, brisés tous deux par l'absurdité, par la froideur. Jamais je n'ai pu oublier cette histoire si irréelle, si impossible qu'avec le temps j'avais fini par me convaincre qu'elle n'avait pas existé, sortie tout droit de mon imagination malade, histoire folle, histoire de fou.

Chapitre 17

Tribunal de grande instance de Beauvais, 15 heures.

Un grand silence est tombé sur la salle. Dehors, la lumière était plus basse. Un nuage sombre bouchait l'horizon. Un ciel menaçant. La présidente m'a regardé pétrifiée, blême. Elle avait vieilli d'un coup. Elle jugeait une banale affaire civile, une demande de pension alimentaire et voilà qu'on lui parlait d'infanticide. Qu'elle ne s'inquiète pas. Il y avait prescription.

Je ne devais pas laisser la douleur éclater. Il me fallait tenir, encore quelques instants, en finir, leur dire tout ce qui me restait sur l'estomac. J'ai serré la barre le plus fort que j'ai pu, pour tenir. Je me suis campé sur mes deux pieds. J'étais tout entier concentré et mobilisé par l'effort fait sur moi-même. Un combat sans corps. La situation était épuisante. J'avais besoin de me reposer un peu et j'ai fermé les yeux.

Quelques secondes seulement. Pour m'apaiser, pour retrouver le calme à l'intérieur. Pour puiser mes dernières forces, pour le dernier assaut. Mais fermer les yeux était une erreur et c'est le contraire qui est arrivé.

Je n'avais pas pu m'en empêcher. J'ai résisté, résisté, par orgueil, par pudeur. Mais doucement sans que j'y puisse rien, malgré mes efforts, les larmes ont commencé à couler.

J'avais tout à coup devant moi le frigidaire et l'enfant. L'enfant qui manquait d'air, de chaleur.

Derviche tourneur du frigidaire.

J'avais devant les yeux l'ouragan intérieur de la colère immense, de la détresse, de la révolte. Je ne pouvais m'empêcher de mesurer l'étendue des dégâts, la sauvagerie froide, absurde de la situation, et j'ai pleuré. Pendant plusieurs minutes, j'ai pleuré. D'abord très doucement puis un peu plus fort. Sur lui, sur moi, sur eux aussi. Réalité froide, trop froide. Je pleurais mais il ne fallait pas pleurer. Phrase mille fois répétée pour tenir, faire face, survivre. Il ne fallait pas pleurer. C'est ce qu'on m'avait dit pour le cadeau. Le jour de Noël 1968, au préventorium où nous étions avec nos deux sœurs. Ne pas pleurer, pas même le jour où ils m'ont appris la nouvelle pour Olivier, quand ils sont venus me dire qu'il était mort. En rang. Nous étions en rang pour rentrer en classe au cours préparatoire. Ils sont venus vers moi, m'on dit que je devais être courageux, qu'il était mort, Olivier, mon petit frère. À moi, mes frères ! À moi, mes sœurs ! Ils disaient que cela n'avait pas tant d'importance. Il était si petit. Quelques jours. Manque d'air. Mort étouffé. La maladie bleue. Et cette fois-là, je n'avais pas pleuré, j'avais tenu.

Et aujourd'hui encore, j'essayais de tenir, encore une fois. Il fallait que je maîtrise l'immense tempête qui m'aurait terrassé, que je ne la laisse pas se déchaîner, que je renvoie au fond, loin, le petit garçon qui ne devait pas pleurer. Il ne fallait pas qu'en moi se livre le grand combat. Il fallait faire barrage à l'orage du chagrin, de la haine, de l'envie d'en découdre, de dynamiter ce monde-là.

J'avais tout fait pour éviter cela.

Mais il était trop tard maintenant. J'avais fermé les yeux un instant et l'enfant malingre était assis sur le sol et pleurait doucement son frère mort congelé. J'avais fermé les yeux et ils étaient ouverts sur une enfance triste et froide et elle me pleurait dessus.

Mon corps était secoué et ne répondait plus. Seule la barre me permettait de rester encore debout. Je l'étreignais pour me rassurer et surtout tenir, tenir. Je me serais allongé sur le sol si j'avais pu, pour trouver un peu de repos, pour me rassurer, mais il fallait en finir.

J'ai tout fait pour éviter cela.

Autour, il y avait un grand silence,

Recueilli.

Ils avaient bien raison car c'était un cadavre d'enfance qui témoignait là.

Je ne voulais que témoigner. Pour qu'*Elle* comprenne, pour qu'ils comprennent, eux tous, qu'on ne peut pas payer, que tout refuse, que le corps entier s'insurge contre la grande injustice intérieure, celle qu'aucun tribunal ne peut voir, qu'aucun juge ne peut entendre, celle qui tue le dedans.

La vice-présidente à tête d'aigle m'a aidé. Elle me regardait. Elle n'était pas bouleversée. Calme, elle me regardait, simplement comme pour dire, c'est bien, c'est nécessaire.

« Continuez. »

Alors au bout de longues minutes, j'ai repris le contrôle de l'ouragan intérieur, j'ai réussi à me calmer un peu. Le monde autour de moi était diffus, irréel. Il tournait, tournait. Est-ce que je tombais ?

Je perdais pied, les images obstruaient tout.

Le frigo tremblant me nouait l'estomac.

Est-ce que je rêvais ? Est-ce que j'étais bien là, dans ce tribunal à essayer de les convaincre, de leur faire comprendre ?

Des mots, soudain, très loin, comme amortis par une distance, lointains, me parvenaient. On m'appelait, on me parlait. La présidente tentait de me ramener.

« Allez ! Continuez. »

Et j'ai continué.

Chapitre 18

J'étais un enfant frigo. Je n'étais que cela.
Et pourtant, cela m'a pris longtemps,
de crises, de travail et de tourments,
pour comprendre ;
cela m'a pris longtemps
d'errements, d'énergie maladroite, de tâtonnements.

Après la première année de travail avec le psychologue, celui qui habitait un immeuble des beaux quartiers dans le 16e arrondissement, après les crises, l'internement m'avait ramené vers une thérapie, avec un autre psychologue, pour survivre. Des séances pour tenter de comprendre, pourquoi, pourquoi. C'était la question, obsédante, permanente. Pourquoi les crises ? Des séances, des interrogations, il y en eut ainsi beaucoup. Des progrès aussi, lents, très lents. Cinq ans dans la survie précaire des entretiens et des médicaments, cinq ans de face-à-face avec lui, avec moi. Les crises s'espaçaient un peu. Les hospitalisations devenaient plus courtes.

Je m'en sortais sans même vraiment m'en rendre compte, année après année. Pendant trente ans, mû par une énergie aveugle, j'ai franchi les obstacles, les difficultés. Celles que l'on m'imposait, mais aussi celles que je m'imposais.

Après l'apprentissage de peintre en bâtiment, la vente au porte-à-porte, l'année d'hôpital et de sanatorium, j'avais retrouvé un peu de stabilité, presque de calme. Je vivais avec ma tante, celle qui m'avait recueilli.

Nous habitions une belle maison blanche avec de grandes fenêtres rondes qu'un jeune architecte de talent avait restructurée à partir d'une vieille maison de banlieue. Les travaux n'étaient pas terminés. Manque d'argent depuis le divorce d'avec mon oncle. Une séparation difficile, violente. Lui qui s'en était sorti, qui était devenu artisan, patron, qui avait réussi malgré son milieu d'origine, ne l'a pas supportée. Tout son monde s'écroulait. Il s'est écroulé aussi. Il a sombré dans l'alcool, la violence, et il est mort comme cela, en quelques mois. La maison était restée inachevée, symbole d'une vie suspendue.

Nous formions une famille un peu étrange. Les choses étaient difficiles. Je ne gagnais pas bien ma vie, dans le bâtiment au début, au collège ensuite. Elle ne travaillait qu'à mi-temps. Mais plus que les difficultés matérielles, c'était la situation qui me pesait. Et puis, il y avait les crises, plus ou moins fortes. Je partais, je revenais. La psychiatrie.

J'ai découvert la culture à cette époque. Après son divorce, il avait fallu qu'elle retravaille pour son équilibre mais aussi pour nourrir la famille. Devenue secrétaire dans un théâtre de banlieue, nous allions souvent voir des spectacles dans son théâtre, dans d'autres aussi. Je découvrais un monde dont j'ignorais même l'existence. Souvent, je m'endormais pendant la représentation, épuisé de la journée de travail sur les chantiers. Je faisais partie sans le savoir du petit écart statistique qui justifie et mobilise les politiques culturelles, des ouvriers qui vont au théâtre. J'y ai pris goût et pendant dix ans je suis devenu un affamé de culture. Je rattrapais mon retard. J'étais entré dans un cinéma pour la première fois à l'âge de quinze ans pour voir *King Kong contre Godzilla*, et dans un théâtre à l'âge de vingt ans. J'avais du retard et je voulais le combler. J'allais partout. En banlieue, en province, et ailleurs. Je voulais tout voir. Et petit à petit la culture m'a transformé. J'étais convaincu d'être un rescapé par la culture. C'est la définition que j'en donnais, qui a fait de moi un militant, voulant offrir à d'autres ce qu'elle m'avait offert à moi. Un nouvel horizon, une nouvelle liberté, une capacité de s'en sortir aussi. Au collège où je surveillais, j'avais ouvert, sous l'œil méfiant et un peu ironique des professeurs de français, un atelier d'écriture. Bien sûr, l'idée était un peu curieuse, osée, de la part de quelqu'un qui n'écrit pas, qui n'a jamais publié.

Je créais aussi des associations, des cercles littéraires où s'organisaient des rencontres entre auteurs, musiciens, plasticiens. J'invitais des écrivains. Valère Novarina, Danièle Sallenave, François Salvayre, Jean-Michel Maulpoix et quelques autres. Comme j'étais persuadé que la culture m'avait sauvé, je voulais en sauver d'autres. Le complexe du survivant. Jack Lang, que l'on comparait volontiers à André Malraux à l'époque, en était à ses premières années. Sa volonté de permettre au plus grand nombre d'accéder à la culture sonnait comme un programme personnel. J'avais aussi rencontré une troupe de théâtre pour qui je travaillais bénévolement. Je les accompagnais parfois en province pour des tournées. L'été à Avignon. Je me sentais bien dans ce monde où j'étais accepté sans réticence, sans jugement.

Pendant cette période, j'étais constamment en suractivité, travaillant le jour au collège, étudiant le soir à l'université, la nuit dans un internat, les week-ends, multipliant les expériences, les essais, les tentatives. De vie cette fois.

Quitter le bâtiment, devenir surveillant dans un collège, avait été pour moi une bénédiction. Mais je voulais continuer à avancer et je n'avançais plus. Je voulais réussir, gravir des échelons. J'étais obsédé par la réussite, professionnelle, sociale. Je ne savais pas vraiment pourquoi et encore moins comment faire. Ce n'était pas un sentiment de revanche. Juste une énergie, démesurée, permanente, épuisante presque, pour s'en sortir. Alors un beau matin de septembre, excédé à l'idée d'être surveillant d'externat, pion une cinquième année, je suis allé directement au rectorat de Versailles au bureau où se faisaient les dernières affectations avant la rentrée pour réclamer un poste de professeur de français remplaçant. Il n'y en avait pas. Mais dans le bureau d'à côté, où l'on gérait le recrutement des conseillers d'éducation, il manquait quelqu'un. Il y avait urgence. Je n'avais jamais fait cela. J'ai accepté. Pendant un an, j'ai conseillé les enseignants en mal de discipline, les parents débordés par des enfants violents qui les frappaient parfois, et surtout les enfants en perdition. Ceux qui étaient hébergés dans un foyer, que leurs parents avaient abandonnés et qui dérivaient. Je les recevais, je les écoutais. Je jouais mon rôle. J'essayais de les aider mais je savais trop ce qu'il y avait en eux. J'avais changé de côté du bureau, mais leur désespoir était en moi.

Pendant un an j'ai fait de mon mieux. Il s'agissait d'un remplacement, si bien qu'à la rentrée suivante on m'a proposé un autre lycée en banlieue parisienne. Le proviseur m'avait dit qu'il voulait quelqu'un qui soit à la fois une assistante sociale, un curé et un peu un flic. Quel programme. J'ai décliné l'invitation. J'ai démissionné. Au rectorat, la personne qui gérait les carrières a insisté. Est-ce que j'étais bien conscient des conséquences de ma démission ? Je n'ai pas lâché. J'ai maintenu ma position et retrouvé de nouveau l'Agence pour l'emploi. Cette fois j'en étais sûr, c'est la culture qui m'intéressait et j'ai cherché un travail dans le secteur culturel.

Quelques semaines m'ont suffi. J'allais avoir trente ans. Depuis quinze ans déjà, je menais la bataille pour m'en sortir et je m'étais promis d'être cadre avant trente ans. Une obsession. Réussir, réussir. S'en sortir. À quelques semaines de mon anniversaire, j'ai été recruté dans un centre culturel de la banlieue. Cette fois, j'avais réussi. Je devenais cadre dans le secteur culturel. Je me suis lancé dans l'aventure avec une énergie et un enthousiasme presque déraisonnables. Dès cinq heures le matin parfois, avec une jeune collègue, nous allions coller les affiches annonçant les spectacles pour tenter d'amener un public nombreux au théâtre pour assister à des pièces souvent difficiles. Nous partagions le même enthousiasme pour la danse contemporaine et le théâtre, la même volonté de les faire découvrir au plus grand nombre. Nous partagions aussi le même bureau. Nous avons fini par partager notre vie. Elle était aussi passionnée de culture que moi, mais plus sereine, plus apaisée, moins en révolte contre les inégalités, contre la société. Elle m'a donné sa confiance dans l'avenir et aussi deux beaux enfants. Après à peine deux ans, nous avons décidé de partir. De nouveau au chômage. J'avais décidé d'aller plus loin, de me former à nouveau, de préparer un diplôme universitaire de consultant culturel. Ma vie a bifurqué tout à coup au terme de cette formation.

Un ami rencontré dans une association culturelle m'avait donné l'information. Jack Lang cherchait à recruter quelqu'un pour un travail d'assistant parlementaire en province, à Blois. J'ai transmis mon curriculum vitae puis j'ai fait le voyage à Blois où le premier maire adjoint m'a reçu. Il faisait une première sélection pour proposer deux candidats au grand homme. Je me suis retrouvé dans les deux derniers, convoqué à l'Assemblée nationale pour un rendez-vous. La seule perspective de me trouver face à une personnalité aussi connue m'impressionnait. J'allai rencontrer celui qui depuis des années était pour moi un modèle, un gourou presque. C'était en mai 1993. Le parti socialiste venait de connaître l'une de ses défaites les plus cinglantes. Pierre Bérégovoy s'était suicidé quelques jours plus tôt.

Je suis arrivé à l'Assemblée nationale et, comme quelques années auparavant au moment d'entrer à la Sorbonne, j'ai failli ne pas pénétrer dans le bâtiment, trop impressionnant. Ce n'était décidément pas pour moi. J'ai fini par franchir le seuil. La carte d'identité laissée à l'entrée, les couloirs où l'on se perd, les huissiers et je suis enfin arrivé dans le saint des saints. On m'a fait attendre dans un espace accueil avec des fauteuils de cuir noir. Il faisait très chaud. J'avais les mains moites. Jack Lang m'a reçu dans son bureau. L'entretien a été bref. Il n'a posé que quelques questions et pendant tout l'entretien il était au téléphone avec l'Élysée et cherchait à obtenir des médailles sur le contingent du président de la République. J'ai répondu à ses questions, sans me laisser impressionner, avec une détermination qui m'a surpris moi-même. Il m'a salué. Dix minutes d'entrevue à peine. Je ne savais pas quoi en penser. L'entretien avait été si court. Quelques jours plus tard, j'étais recruté et nous nous sommes installés à Blois.

Le travail d'attaché parlementaire était davantage un travail d'assistante sociale, de chargé de relations publiques, qu'un travail de juriste. Du reste, c'est ce que je lui avais dit et qui l'avait convaincu.

Je recevais des dizaines de personnes au nom de Jack Lang. Chômeurs désespérés à qui il fallait redonner un peu d'espoir, personnes sans logement. Il y avait des dossiers inextricables. On venait de partout en France pour obtenir de Jack Lang une intervention. Certaines histoires étaient douloureuses. Un homme était un jour venu me voir avec son fils qui devait avoir douze ans. Sa mère était en prison pour trafic de drogue. Il espérait que Jack Lang obtiendrait quelque chose. Une remise de peine. L'enfant était d'un calme si résigné, si triste, si désespéré. Son sérieux et sa solitude m'ont glacé. Comme il le faisait volontiers, Jack Lang est intervenu. Il n'a pas hésité à signer des courriers, à harceler les administrations si nécessaire. Il n'y a rien eu à faire. Je ne les ai jamais revus. Il n'y a pas eu de remise de peine pour l'enfant. Une autre fois, un jeune homme est venu me voir de Paris. Un peu plus jeune que moi, élégant, sûr de lui, il voulait partager son secret, obtenir un conseil. Issu de l'immigration, il avait réussi et était devenu producteur dans une maison de disques. Mais il avait bâti sa réussite sur un mensonge qui se retournait contre lui. Jeune adulte sans emploi, il errait au pied de l'escalier d'une tour dans une banlieue du côté de Thiais et passait ses soirées dehors avec ses copains à errer, à discuter, à quelques bêtises peut-être. Il avait un jour trouvé une carte d'identité. Était-ce vrai, ou l'avait-il volée ? Toujours est-il qu'il avait falsifié le document et francisé son nom. Il avait changé d'identité et depuis tout avait été mieux pour lui. Il avait réussi à trouver un emploi, appris, progressé. Il était devenu directeur de collection. On lui proposait un nouveau poste, de nouvelles perspectives. Mais voilà, il fallait de nouveaux contrats. Il avait le choix entre révéler l'usurpation et risquer de perdre son emploi ou ne rien dire et continuer à avancer dans l'illégalité. Cruel dilemme. Il voulait savoir ce qu'il risquait, être conseillé, solliciter l'appui de Jack Lang pour que l'affaire soit traitée sans casse.

Pendant cinq ans, j'ai reçu des centaines de personnes, croisé des destinées, tenté d'apporter un peu de réconfort, de soutien à ceux qui n'en ont pas tant. J'étais obligé de faire attention, de me surveiller, de ne pas prendre sur moi des difficultés que je connaissais trop bien. La peur, l'angoisse, des fins de mois, des factures qu'on ne peut pas payer et le chômage bien sûr avec, à la clef, la honte. La honte de devoir demander, d'être de ceux qui n'ont pas réussi, qui n'ont pas mérité mieux.

J'étais passé du militantisme culturel au militantisme politique. On m'a confié des responsabilités au sein du parti, dont je suis devenu le premier responsable départemental, membre du conseil national. Aux réunions nationales, je croisais des ministres, des gens connus. J'entendais des arguments, des envolées, des bonnes volontés. Mais je savais qu'ils ne pouvaient pas comprendre. Ce n'est d'ailleurs pas de leur faute car ce n'est pas compréhensible. C'est probablement pour cela que cela dure.

À la faveur de négociations électorales pour les élections régionales en 1998, j'ai rencontré Michel Sapin. Je suis devenu son conseiller lorsqu'il est devenu président de région, puis directeur de cabinet de son successeur lorsqu'il a été appelé au gouvernement par Lionel Jospin.

Je me suis marié aussi et je suis devenu père. Les difficultés ont recommencé avec l'aîné. Il avait un an. Ce jour-là, j'étais seul avec lui. Il pleurait. J'ai failli le frapper, le jeter contre le lit. Je ne supportais pas ses pleurs. Quand j'ai compris qu'il se passait quelque chose, que je me suis vu au-dessus de l'enfant et en moi une violence froide, j'ai pris peur. Je devenais fou. Je savais que lorsque l'on a été battu, on répète. Alors j'ai décidé de recommencer le travail arrêté des années plus tôt, d'engager une psychanalyse, une vraie cette fois, pour aller au bout, pour savoir.

Il y avait d'abord eu la confusion des mots, étrangement. Aquarium, préventarium, crématorium, sanatorium. Car il y avait un aquarium là-bas, dans le couloir bleu, de l'hôpital, où l'on m'avait mis très tôt parce que j'avais deux pouces à la main droite, avant de m'opérer et de n'en laisser qu'un. Au mur de la maison froide, il y avait aussi une photo, dans un cadre, la seule. Un grand bâtiment blanc. Je croyais que c'était un crématorium, long et lisse, où l'on enferme les corps pour les brûler. C'était en fait l'ossuaire de Domont. Il y eut ensuite la confusion des lieux, frigo, chambre froide, maison blanche, clinique.

Très tôt, il y avait eu l'abandon, là-bas au sanatorium. Une grande pièce toute blanche, vide, froide, un grand vide sanitaire.

L'établissement était tenu par des sœurs. Elles s'occupaient de moi. Elles essayaient de me sauver. En 1961, la tuberculose, on en mourait encore, surtout un petit enfant. Et je n'étais qu'un petit enfant. J'avais un an. On m'a laissé. J'ai hurlé. Ma terreur, mon abandon faisaient trop de bruit, alors on m'a mis dans une grande pièce, vide, blanche, froide peut-être, comme un frigo.

J'ai crié plus fort. Puis enfin, je me suis tu, comme l'enfant, de froid, dans son frigidaire. Je suis mort à moi-même comme un membre ankylosé par le gel que l'on ne sent plus. Mais ils n'ont pas voulu… me laisser mourir. Ils ne m'ont pas laissé faire. Ils ont changé les médicaments. Ils m'ont sauvé. Quand mes parents sont revenus me voir, la seule fois, j'y ai cru. J'étais sauvé. On allait me prendre. M'emporter. Le bonheur de leur réapparition. Le bonheur à en pleurer, à en pisser, comme font les chiens, parfois.

Ils étaient venus pour le 14 juillet, peut-être le 13. On a regardé le feu d'artifice et j'ai eu très peur. Alors, mon père, je crois, m'a pris dans ses bras. Était-il là ? Je n'arrive pas à savoir. Ensuite, ce fut la trahison.

Partis. En catimini, comme font les adultes pour que les enfants ne pleurent pas, qu'ils ne se rendent pas compte.

Trahi.

Trahi une seconde fois, laissé-pour-compte à moins que ce ne soit pour solde de tout compte. Ils sont repartis avec mes sœurs qui étaient guéries.

Ils ont cherché à éviter ce moment-là, le moment du départ, de la séparation, mais je l'avais senti, je ne les ai pas lâchés, ils ne m'auraient pas cette fois.

Puis la sœur infirmière m'a pris les bras et m'a tiré, et j'ai crié, je me suis mis en colère, je l'ai griffée, mordue.

J'ai hurlé, au loup, à la mort.

Maman,

Hurler au loup dans l'immense vide.
L'abandon froid qui strie
Douleur immense qui emplit toute la pièce
Qui transperce tous les pores de la peau,
Envahit toutes les artères, tous les organes.

Elles se sont mises à plusieurs.

Elles ne m'ont pas frappé. Elles ont juste volé ma vie d'enfance, m'ont assassiné.

Maman.

Elles m'ont tiré jusqu'au grand porche,

La grande porte de l'église au ventre froid et sombre.

J'ai hurlé. Je me suis débattu, d'une colère immense, monstrueuse. On voulait me faire entrer dans une autre grande pièce, froide, noire, humide. L'église. Depuis, j'ai un contentieux avec Dieu, un monstre froid celui-là qui ne m'a pas secouru, ne m'a pas tendu la main, ne m'a pas accompagné non plus.

Elles m'ont tiré à l'intérieur, assis sur un banc.

Je voulais partir, me sauver, la rejoindre, la rattraper.

Ne pas mourir une seconde fois.

J'ai crié, j'ai pleuré longtemps, jusqu'à l'épuisement.

Elles sont restées jusqu'à ce que je me calme, ne m'ont pas consolé, ne m'ont pas pris dans leurs bras. Je devais me calmer, affronter.

Pendant vingt ans j'ai refusé obstinément de rentrer dans une église. Trop dangereux. Trop de haine. J'aurais été capable de dynamiter le Dieu auquel on avait voulu me faire croire.

J'ai été brisé, effondré du dedans.

Le feu était un artifice.
Un feu d'abandon, gelé.

C'est là, que la glace a commencé. Ça n'a d'abord été qu'un retrait en soi, un figement intérieur, pour ne pas souffrir, pour ne pas sentir. Le plus au centre du centre. Le plus inaccessible possible. Et puis, plus loin, plus froid jusqu'au grand glacier intérieur. Tout conserver intact mais ne rien laisser bouger à l'intérieur. La chaleur est devenue l'ennemie et la chaleur humaine, pire encore.

Longtemps après, quand l'enfant a raconté la mort froide, la mort intérieure de son frère dans son frigidaire, mon malheur a pris un nom. L'enfant frigo. C'est lui qui m'a tout appris. Sur le froid. Sur moi-même.

L'enfant mort, glacé, est entré en moi, comme une vérité. Nous avions tout pour cela, le froid, la faim, la peur. Ma tête a mélangé. Mon père travaillait dans une usine de frigidaires.

Nous habitions toujours la maison au mur de craie blanche qui suintait l'humidité l'hiver avec sa chambre froide. Étranges confusions. De séance en séance, c'est devenu plus clair, il fallait briser la glace intérieure, sortir le monstre froid de la grande douleur gardée au-dedans. C'est pour cela que l'eau coulait sous mes bras chez le psychiatre. C'était le dégivrage.

C'est l'heure du grand dégivrage
Le grand dégel intérieur
Du soi liquide
Dans le bac à légumes
Le naufrage intérieur
Le grand dégel
Du cadavre intérieur.

Et tu fonds en larmes
Devant ce petit corps gelé
Et tu fonds en larmes
Toutes souffrances mêlées.

Le grand dégel intérieur
Et le sang qui coule,
Et la plaie qui s'ouvre
Le cadavre vivant
À l'intérieur du dedans
Et tu fonds en larmes.

Cette fois, j'ai voulu que ce soit une femme, pour affronter jusqu'au bout. Vingt ans après la première lecture de Freud, après de longs détours, s'allonger n'a pas été simple, à cause de l'hôpital, bien sûr. Pour moi, c'était mourir un peu. Mauvais souvenir.

Il y a maintenant huit ans que cela dure, quatorze ans avec la thérapie. Quatorze ans de questions, de débats intérieurs, quatorze ans de pleurs, de douleurs et quelques rires parfois. La toute première psychologue que j'avais vue vingt ans plus tôt ne s'était pas trompée. De la boucherie. La viande intérieure, les blessures à vif. Certaines séances étaient insoutenables. Je sentais mon corps se raidir sur le divan. Des douleurs violentes dans le dos, la colonne vertébrale électrisée.

Le cabinet était au deuxième étage d'un immeuble ancien et souvent je devais me tenir à la rampe de l'escalier parce que mes jambes tremblaient. Dans ces cas-là, il fallait ne pas penser. De retour à la voiture, je mettais la musique à plein volume pour couvrir le dialogue intérieur, pour essuyer les larmes. Le dégel a été terrible. J'ai compris l'expression, fondre en larmes. Fondre en larmes, se liquéfier de douleur. Il y avait tellement de douleur que vingt ans après il en pleurait encore. À moi mes sœurs !

Abandon. C'était le nom.

La première fois qu'elle a prononcé le nom, je l'ai refusé. Il y a des années maintenant que je le nomme, que je le somme. Que je tourne autour, que j'essaie de scruter, d'accepter.

Abandon. Un mot simple. Un gouffre d'où l'on ne remonte pas. Abandonné, là-bas.

Là-bas, tout au fond du frigo, une lumière, à côté du bouton du dégivrage. Un grand point blanc.
Est-ce une lumière ? Est-ce un visage ?
Dieu, s'il te plaît, regarde-moi,
Aime-moi, ne m'abandonne pas.

Il y avait une sœur, c'est sûr, pour me sauver.
Comment comprendre autrement ?
Une sœur avec un visage d'ange probablement,
Un visage blanc, lisse et doux. Une lumière.
Une sœur pour me pendre à son cou,
Une peau tiède, une odeur peut-être.
Quelque chose du côté de la chaleur.
Je ne m'en souviens pas, une lumière, une douceur.
Une sœur pour s'occuper de moi,
Une mère supérieure en somme.

Il y avait sûrement des ensommeillements,
Des bras indulgents,

Et des compréhensions douces pour les angoisses,
Et des tristesses pour les pleurs.
Une mère qui vibre et qui comprend
Qui me prend,
Me lève, me lave,
Une sœur pour les caresses,
Une sœur pour la tendresse.
Sur la peau lisse,
Un enfant que l'on change,
Pour qu'il ne meurt pas.

Il y avait une sœur, c'est sûr,
Chaleureuse,
Lumineuse,
Qui m'aimait un peu,
Peut-être.

Chapitre 19

Tribunal de grande instance de Beauvais, 16 heures.

Il y avait maintenant plus de quatre heures que mon monologue avait commencé. J'étais épuisé. J'avais faim et j'étais dans une sorte d'état somnambulique. Ma voix s'était faite moins forte. À un moment, comme halluciné, j'avais vu la présidente, si ferme, si stoïque, s'essuyer les yeux. Était-ce la fatigue ? Pleurait-elle ? Était-ce possible ?

L'incident a eu lieu un peu plus tard. J'ai cru que je ne parviendrais pas à assumer la situation. Les tempes me vrillaient et l'angoisse est revenue dans ma gorge. Brûlure trop connue. J'étais en train d'expliquer, là-bas, la grande solitude intérieure, l'enfance abandonnée, quand *Elle* m'a interrompu. J'ai eu peur. Il se passait quelque chose. *Elle* a crié.

C'était scandaleux. Je ne valais pas mieux que les autres.

Est-ce que je pouvais comprendre ? L'angoisse, la saleté, et le malheur arrivés trop tôt.

Qu'est-ce que j'en savais de ce qui s'était passé ? Je ne savais rien. Qu'est-ce que je pouvais bien comprendre de ce qui lui était arrivé, de ce qu'*Elle* avait subi, de ceux qui lui avaient manqué, de sa vie à l'abandon.

D'un coup, *Elle* avait bondi, brandi le cahier, le cahier d'écolier. Le cahier dont l'avocate, la sienne, avait parlé. Il était dans le dossier.

C'était une furie, *Elle* criait. *Elle* m'a interpellé.

Allez, qu'il le lise maintenant.

« Alors, prends-le, lis-le, dis-leur. »

Un huissier s'est approché. La présidente qui avait d'abord sursauté, lui a demandé de se calmer et de se rasseoir. La présence de l'huissier à côté d'*Elle* lui a fait prendre conscience, d'un coup, de la situation. *Elle* était dans une salle de tribunal. On la regardait. Son avocate lui a demandé aussi de reprendre son calme. S'énerver ne servait à rien et pouvait même lui nuire. Mes deux sœurs étaient silencieuses, regardant la scène, tendues.

Elle est retournée s'asseoir, blanche, livide, et m'a jeté un regard de défi, ou était-ce du désespoir ? J'étais totalement incapable de réagir, tétanisé. En moi, se mêlaient mille sentiments, mille souvenirs, de tristesse, d'innocence. Je ne parvenais pas à reprendre le contrôle.

La présidente m'a ramené au tribunal, au procès, d'une manière à laquelle je ne m'attendais pas : « Elle a raison. Lisez ce document. » Elle l'a tendu à l'huissier. Il s'est levé, l'a pris et me l'a apporté. L'autre ne me regardait pas. Je pressentais ce qu'il y avait dans ce cahier, je ne voulais pas le lire. Trop dangereux, trop douloureux.

« Lisez. S'il vous plaît. »

Je ne pouvais refuser. J'ai pris le cahier avec précaution. C'était un cahier avec de petits carreaux, écrit à l'encre bleue. Les pages avaient été soigneusement numérotées de 1 à 52. Sa vie occupait les huit premières pages, de un à huit. Huit pages cruelles. Après, il y avait la revue de famille. Chaque enfant avait son tour. Pour chacun était consigné comment il s'était conduit et ce qu'il fallait lui reprocher. Chacun son tour, presque de quoi faire une comptine, avec juste un peu plus de gravité. J'ignorais beaucoup de ce qui était écrit. Comment *Elle* en était arrivée là, née *Elle* aussi dans une famille de dix enfants avec plusieurs pères différents. Moins de pères. *Elle* était aussi la cinquième née, comme moi. Coïncidence. Ronde du malheur.

« Lisez, s'il vous plaît. »

Son père non plus ne travaillait pas, pas beaucoup. Lui au moins ne se suicidait pas. Enfin, moins spectaculairement. Il se contentait de boire du mauvais vin. Beaucoup, c'est vrai.

Sa mère, déjà, faisait ce qu'elle pouvait, des lessives, du bêchage ici ou là, et des betteraves. Les moissons, aussi. Ronde des saisons, ronde du malheur.

Le malheur a commencé très tôt, sept ans, l'âge de raison, l'âge de souffrir. Avant, le cahier n'en parle pas.

Au village, il y avait un vieux bourrelier, célibataire. Il donnait des bonbons aux gamines et en échange, il exigeait une gâterie.

Aujourd'hui, on les appelle des pédophiles.

Permanence du malheur.

J'y suis allée une fois et puis ensuite je ne voulais plus passer par là. Le pire évidemment, c'est quand mon père m'a demandé aussi des gâteries.

S'étaient-ils parlé, refilé le tuyau ? Humour déplacé. Les gestes aussi.

Et puis l'un de mes frères. Lequel était-ce ? Je préfère ne rien dire. Honte. Qui le croirait ? À quoi bon réveiller des démons anciens. Après, ma mère s'y est mise aussi. À cause des torchons que venait vendre un commerçant ambulant de passage qui acceptait le paiement en nature. Alors j'ai fui. C'est ce qu'il y avait de mieux à faire.

À douze ans, on m'a placée dans une ferme, pour aider. Ma mère venait chercher des pommes de terre, du lard, autre chose, et du coup à la fin du mois, je n'avais plus rien. Sauf, les deux blouses neuves que m'avait achetées ma patronne. Mes premières.

Une gentille patronne, quoi. Des blouses neuves, presque du bonheur.

Le certificat d'études n'a pas marché. J'ai bien été à l'école, jusqu'à quatorze ans, mais bon, on m'a placée dans une autre ferme. Garder les vaches, nettoyer les écuries, faire le ménage, la lessive. C'est à ce moment-là que je suis partie avec un gamin de mon âge.

Son premier amour ? Y avait-il de la place pour l'amour dans ce monde-là ?

Ce sont les gendarmes qui m'ont ramenée chez ma mère.

Décidément, le malheur bégaie. Fuite, errance, solitude et des gendarmes pour ramener un peu d'ordre.

Je suis encore partie, ailleurs, à Pleurs, cela ne s'invente pas. Un petit village où j'ai rencontré Clément. C'est joli, comme prénom, la promesse d'un peu de gentillesse. Un soldat de la base d'Allemand. C'était le nom d'un autre village.

Celui-là m'a laissé tomber parce que j'étais enceinte. Dommage. Tout aurait pu être différent. Je suis rentrée chez ma mère pour annoncer la bonne nouvelle. Que faire d'autre. Évidemment, j'ai eu droit à une correction.

La ronde du malheur a continué de tourner.

Je me suis installée avec un ami de mon père dans la maison du garde-barrière.

C'était celui avec qui on allait faire du bois et qui m'a fait un deuxième enfant, une fille. Mais il voulait coucher aussi avec ma sœur. Alors je l'ai viré. Malheureusement, il avait eu le temps de me mettre enceinte une troisième fois. Je suis encore retournée chez ma mère mais cette fois avec deux enfants. Dix-sept dans quatre pièces. Quel folklore. Mon père menaçait tous les jours de me mettre à la porte.

J'ai fini par prendre la décision. La seule qui me soit venue, qui m'aurait permis de partir, de fuir, autrement cette fois. J'ai décidé de me marier avec le premier venu.

Là, je ne suis pas sûr qu'*Elle* ait bien fait. Le premier venu, ce sera mon père. Ici, l'histoire deviendrait presque rocambolesque, si elle n'était dramatique.

Ma sœur m'avait parlé de quelqu'un qu'elle connaissait qui faisait un stage de formation dans une petite ville, là où se trouvait aussi l'usine de frigos. Elle m'a donné son adresse. Quelques jours plus tard je recevais un courrier dans lequel il demandait à me rencontrer.

Je lis les pages de ce cahier, incrédule et malheureux. Une histoire incompréhensible, absurde. Il avait été en Indochine et ne pouvait plus avoir d'enfants alors qu'elle en avait deux. Il promettait de les reconnaître. Bon, évidemment, elle avait oublié de lui préciser qu'*Elle* était encore enceinte, prête d'accoucher si bien qu'*Elle* ne pouvait même pas se déplacer pour le rencontrer.

La semaine suivante, c'est à la maternité qu'il est venu me voir, un soir vers 17 heures. L'infirmière, à l'accueil, ne voulait pas le laisser entrer, alors il a dit qu'il était le père de l'enfant. On l'a laissé entrer. Il est monté jusqu'à la chambre et a découvert un troisième enfant, une fille qui venait de naître.

On a fait les papiers du mariage. Drôle de cérémonie. Il a reconnu les trois enfants. Il est venu habiter chez ma mère, chez mon père. Un jour il a disparu et je ne l'ai retrouvé que quelques semaines plus tard, à Noël. Il sortait de l'hôpital psychiatrique après une tentative de suicide. Joyeuses fêtes ! Il est revenu à la maison. Comme j'étais à nouveau enceinte, une assistante sociale a fait réquisitionner un vieux bâtiment de ferme attenant à une grange en bois qui servait de poulailler depuis dix ans. J'ai tout nettoyé, acheté un lit et une cuisinière chez le ferrailleur. Ma mère a fait des paillasses pour les lits. Au plafond, j'ai collé les feuilles de papier de sacs d'engrais qu'un voisin m'apportait.

Pour fêter cette nouvelle naissance, il est allé faire une nouvelle tentative de suicide, dans les Ardennes cette fois.

Curieuse manière de voyager. Ronde des saisons, ronde du suicide, ronde du malheur. Toi aussi, il a voulu te suicider, étranglée avec la laisse du chien après avoir laissé une dernière lettre que tu n'as pas voulu écrire. Il voulait te tuer et que tu annonces ton suicide. Il était vraiment fou.

Ça a commencé à dérailler après la mort d'Olivier, maladie bleue. Et puis, tu as décidé de divorcer, de partir. Quelques mois plus tard, tu as rencontré un autre homme. Ce n'était pas encore un légume. C'était le neveu du directeur de l'usine de frigos où travaillait mon père. Incroyable coïncidence. Ronde du malheur.

La lecture du cahier avait été éprouvante. Je sentais sous mes bras, le long de mon torse couler de minces filets d'eau. J'avais la tête bourdonnante et je m'accrochais de plus en plus à la balustrade de bois qui m'aidait à me tenir, debout.

Mes sœurs non plus n'avaient plus la force de retenir leurs larmes. Elles connaissaient trop le malheur pour écouter distraitement l'écrit assassin.

Je suis resté hébété, et puis à un moment, comment est-ce arrivé, je ne l'ai pas senti, pas décidé. Comment est-ce arrivé ? Son malheur aussi était en moi, son malheur qui ne l'excusait pas, *Elle* qui n'avait pas été aimée, accompagnée, le malheur à demeure, la survie.

Je ne l'ai pas voulu, pas décidé et pourtant j'étais devant *Elle*. J'avais traversé l'allée le cahier à la main. J'étais devant *Elle* et il n'y avait plus rien autour de nous. Plus rien qu'une grande et immense place de terre battue entre des bâtiments bas, blancs, là-bas. *Elle* ne s'est pas levée mais *Elle* était déjà debout devant moi.

Je l'ai regardée. *Elle* n'avait plus son air de défi. La lecture du cahier l'avait secouée, *Elle* aussi. Tout ce malheur, si condensé en un seul moment. Je ne sais pas combien de temps cela a duré. *Elle* a fondu en larmes, secouée, et je l'ai prise dans mes bras, comme une enfant,

Serrée,

Pour la consoler un peu, *Elle* qui ne l'a pas été si souvent,

Du malheur ancien,

Le sien, le mien,

Qui ronge du dedans,

Pour la consoler un peu,

Pour continuer.

Chapitre 20

Tu sais, maman
Je t'ai attendue
Et tu n'es pas venue
Disparue, envolée.

Et partout des mains
Pour me prendre
Et partout des femmes
Pour me soigner, me laver,
Me faire disparaître dans la douche, dans l'égout
Mais nulle part ton cou
Pour me pendre
Et je ne me suis pas pendu.
Et j'étais si perdu dans l'immense cour,
Si perdu dans l'immense salle vide et blanche,
Seul assis sur le sol.
C'est là qu'ils m'ont mis,
Parce que je pleurais, parce que je hurlais,
Au loup, à la mort, pour que tu viennes.
Tout aurait été plus supportable que le vide blanc,

Que le silence blanc.
Je voulais que tu viennes
Mais tu n'es pas venue.

Alors que je t'écris,
Dalida chante à la radio,

« J'attendrai,
Le jour
et la nuit,
J'attendrai toujours,
Ton retour ».

Et tu n'es pas venue.
Mieux à faire
Fort à faire
C'est vrai que tu étais forte
Et que tu faisais
Et l'autre, l'infâme, l'absent, le sale,
Le clochard intérieur,
Au corps distendu, aux couilles molles dans sa cuvette bleue quand tu le lavais
L'effondré du bout de la table
Qui ne nous accompagnait pas
Qui ne nous supportait pas et nous frappait
Qui ne se supportait pas et se démolissait la tête contre le frigo.

Fort à faire, aux champs,
À la rivière,

Le linge bouilli dans la lessiveuse sur la cuisinière, transporté sur la brouette en bois jusqu'au lavoir, au bord de l'eau.
C'est à ce lavoir qu'à genoux,
Sans prières,
Plusieurs heures durant,
Chaque semaine,
Tu lavais pour dix,
Frottant le linge sur la planche de bois avec une brosse,
Le rinçant au fil de l'eau avec des gestes toujours identiques.
Le linge flotte et s'en va doucement au fil de l'eau,
Tu le rattrapes, le retrouves et le remets sur l'eau un peu plus haut
Et il file de nouveau.
Deux ou trois fois le même geste pour un rinçage complet.
Le linge au fil de l'eau
Le linge blanc, lisse,
Le linge qui coule, flotte,
Mousse sur l'eau.

Fort à faire dans un monde qui se défait.

Mais tu sais, maman,
Je suis mort là-bas,
Dans le grand frigo médical,
Dans le vide absolu,

Sans temps,
Sans tendresse,
Sans chaleur,
Oh, tu n'as pas su,
Trop de nombreux sur les bras,
Trop de linge à frotter,
Pas le temps de se retourner.

Et puis, je suis revenu
Dans la chambre froide, blanche, humide,
De la maison aux courants d'air,
Dans mon frigidaire intérieur
Et je manquais de tout,
Et je manquais d'air
Tout blanc, tout humide,
Je manquais d'air
Et il y avait des nœuds dans ma poitrine,

Mort vivant,
Comme mon père,
Avec mon père.
Ça te fait drôle d'entendre ça
Et tu ne comprends pas.
Ça n'est pas grave, ne t'inquiète pas.
Tu sais, je m'en suis sorti maintenant,
Et je gagne bien ma vie.
C'est un peu cabossé à l'intérieur,
Mais à l'extérieur tout est intact,
Lisse, convenable.

Tu sais, l'avocat nous a envoyé la décision.
Je n'aurai pas à payer.
Tu es déboutée, comme ils disent,
De ta demande de pension,
Parce que tu n'es pas sans ressources.
L'obligation alimentaire ne s'applique pas.
Je n'aurai pas à payer pour toi,
Mais l'argent ne compte pas.
Tu sais je préférerai payer,
Mais je ne peux pas
Même si je comprends maintenant,
Ton désarroi, ta solitude,
L'injustice de ta vie,
Vie à l'abandon.

Tu sais, je voulais te dire ma souffrance,
De t'aimer, de te haïr,
Te dire la souffrance de l'abandon qui est toujours là,
Ta trahison du 14 juillet quand tu m'as laissé,
Pour la seconde fois,
Dans le grand sanatorium d'oubli,
Te dire ma culpabilité.
La culpabilité de celui sur qui l'on compte,
En qui l'on croit, qui a réussi,
Mais qui ne peut payer le prix de son exil,
De celui qui mène la lutte immense
Pour que cela n'explose pas,
Ouragan de la douleur, tempête de la colère.
Tu sais, j'ai tellement été

L'Enfant de la douleur
Qui n'existe pas
L'Enfant de l'enfance
Qui n'existe pas,
J'ai tellement voulu m'en sortir,
Mais se sortir de quoi,
Quand tout le malheur est en moi, intact.

Et je pleure,
Seul sur le vide
Enfant de la douleur, du malheur,
Condensateur des pauvres, mes parents,
Condensateur des morts.
Douleurs des générations précédentes
Douleurs des douleurs.

Tu sais, maman, si je te raconte tout ça,
C'est pour que tu me pardonnes
Même si je ne te pardonne pas
De m'avoir laissé là-bas.
L'argent ne compte pas et pourtant je ne peux pas payer encore le prix du malheur.
Pas la force, pas la foi pour cela.
Même Claudel ne m'a pas converti.
Dieu m'a trahi et toi aussi.
À moi, mes sœurs !
Maman,
J'aurais voulu te pardonner, mais c'est si difficile,
Payer,
Comprendre notre malheur si semblable.

J'aurais voulu te sortir de ta caravane d'oubli,
Veiller sur tes vieux jours,
Qu'il y ait du feu dans la maison,
De la tendresse,
Des instants simples à bavarder,
Pour quelques années,
Les dernières.
Maman, je n'ai pas pu,
Maman,
Tu vois, je m'habitue au mot, l'écrire encore,
Maman, maman,
Sons si difficiles à prononcer,
À l'intérieur seulement.
Ne l'écrire que dedans,

Maman.

Pardon.

Chapitre 21

Tu sais,
Papa,
Tu peux être fier de moi.
Je m'en suis sorti,
Complètement,
La porte du frigo s'est ouverte.
Il y a de la lumière
J'ai rompu la glace,
Je n'ai plus peur maintenant,
Je suis sorti de là-bas,

Et je danse, et je danse,
En rond, je danse,
Je n'ai plus de douleur au côté,
Et je danse,
D'une vie intérieure,
Nouvelle,

J'ai réussi pour toi,
Te racheter,
Racheter un peu ta vie.

Tu as écrit longuement sur ton passé dans des cahiers d'asthénie.
J'aurais aimé les obtenir pour les lire,
Pour savoir,
Comprendre que j'étais l'enfant de ta douleur,
De la douleur,
Qui n'existe pas
Enfant de l'enfance
Qui n'existe pas
Et tu pleures
Seul sur le vide
Enfant du malheur
Que disaient-ils, ces cahiers ?
À moi, mes frères !
À moi, mes sœurs !
Que disaient-ils, que la douleur a jonché les cadavres
Vivant, marchant
À cœur nu
Douloureux encas de mémoires
Ils disaient les suicides, ils disaient la folie, et ils ne disaient rien de toi, rien de moi.
Ils ne disaient que des maux.
Prendre sur soi
Le compte à rebours du monde
La dette parentale, le poids liquide
Le condensateur à douleur.
Une seule, une douleur vide,
Creusement du dedans

Abandon de soi
Abandon
J'étais un enfant frigo et je ne le savais pas
J'étais l'enfant de la douleur et je ne le savais pas.
J'étais ta douleur immense et gelée en moi.
J'étais ton abandon, ta perte.
Prendre sur soi l'énorme bloc
Trois générations de catastrophes intérieures, d'éboulis, d'éboulements,
Bouleversées du dedans.
Un immense iceberg rond et méchant
Suintant et perlant du dedans des larmes invisibles
Dans l'espace du dedans,
Immense glaciation et l'arrête de glace qui perce ici ou là un poumon dans une crucifixion sans cri.
J'étais un enfant frigo et je ne le savais pas
J'étais l'enfant de ta douleur et je ne le savais pas.

En moi, l'immense glaciation
Du malheur pris sur soi,
De la douleur prise sur soi,
De la saleté, de la faim
Et les cris rauques,
Et les pleurs assassins
Crucifié du dedans.
La neige parfois purifiait les paysages, dehors,
Mais en moi tout restait toujours gelé.
L'immense glaciation intérieure,
En terreurs cristallines,

En échecs transparents.
À moi mes frères !
À moi mes sœurs !

Prière aux offensés

Donnez-nous notre amour quotidien
Donnez-nous
Le vent
Donnez-nous
Le soleil
Donnez-nous de l'air et du temps.
À moi mes frères !
À moi mes sœurs !
Donnez-nous notre amour quotidien.
Donnez-nous, donnez-nous
À genoux sur la terre glacée
Donnez-nous.

Je n'ai plus peur maintenant,
Je suis sorti de là-bas,
Et je danse, et je danse,
En rond, je danse,
Je n'ai plus de douleur au côté,

J'ai fait tout ça pour toi,
Pour que tu puisses mourir en paix maintenant
Pour quelque chose
J'ai fait tout ça pour toi, sans le savoir,

J'espère que ça te fera quelque chose,
Te réchauffera un peu aussi,
Maintenant que tu t'en vas,

Papa.

Table

Achevé d'imprimer sur les presses de

BUSSIÈRE

GROUPE CPI

à Saint-Amand-Montrond (Cher)
en décembre 2004
pour les Éditions Presses de la Renaissance
12, avenue d'Italie
75013 Paris

Composé par Nord Compo
à Villeneuve-d'Ascq

N° d'édition : 111. — N° d'impression : 044950/1.
Dépôt légal : décembre 2004.

Imprimé en France